ふたごの
京都妖怪
ごはん日記
あやかしとおば
仲町六絵
イラスト／ユウノ
Design / AFTERGLOW

目次

あやかしとおばんざい

ふたごの京都妖怪ごはん日記

仲町六絵

イラスト／ユウノ

Design / AFTERGLOW

第一話

うさぎは鳥居に登らない

京都《きょうと》のうさぎは、鳥居に登るのだろうか。

春の夜明けの光が差す祇園《ぎおん》の石畳に立って、直史《なおふみ》は石造りの小さな鳥居を眺めた。

鳥居のてっぺんに白いうさぎが一羽、後ろ足で立ってこちらを見下ろしている。

まだ子どもなのだろう、立っていてもちんまりとした体つきだ。

毛並みは純白、目はいちごジャムのようにつやつやと赤い。

並ぶ町家《まちや》のどこかから三味線《しゃみせん》の音が流れ、鳥居のそばでは大きな桜の木が満開だ。

桜の花びらがうさぎの柔らかそうな鼻先に散りかかる。うさぎは前足をちょいと上げて、花びらを振り落とした。

寝不足でぼんやりとした、まだ夢を見ているような状態で眺めていた直史は、大事なことに思い当たった。

——落ちたら危ない。

神社を囲む垣根や樹木を伝って跳んでいるうちに鳥居のてっぺんまで行ってしまったのかもしれないが、高さは二メートル以上ある。

だいたい、普通は屋内で飼われているはずのうさぎが野放しになっている時点で危険だ。

寝起きだったとはいえ、気づかず悪かった——と直史は思う。

うさぎが耳をピンと動かした。

こちらに向かって何かを訴えている――助けを求めているような気がした。

――どうにか降ろしてやれないかな。あと、何でうさぎが外にいるんだ？

頭を振って眠気を払う。

進学のため双子の妹と一緒に金沢《かなざわ》から引っ越してきたが、荷物がなかなか片づかない上に今朝《けさ》は祇園でおにぎりを買おうと早起きしたので、まだ何となく頭に霞《かすみ》がかかっている。

――放し飼い……は普通ないよな。ひょっとして、誰《だれ》かにさらわれて無理やり鳥居に乗せられたとか？

そういう人間がいるとは思いたくないが、犬や猫が誘拐《ゆうかい》されて売られたり痛めつけられたりした事件は、ニュースで聞いたことがある。

周りを見回したが、犯人らしき人影はない。十メートルほど離れたところで、双子の妹が空にカメラを向けているだけだ。

直史の視線に気づいて、まどかがカメラを下ろす。

「お兄《にい》ちゃんごめん、もうちょっと待ってて。もう何枚か写真撮るから」

まどかが手を振る。申し訳なさそうなのは、おにぎり屋に行く途中でまどかが「桜の写真を撮る」と言いだし、路肩《ろかた》に自転車を停《と》めて待っているところだからだ。

「まどか。それよりうさぎが大変だ」

「え、うさぎ？　どこっ？」

まどかが驚いて駆け寄ってくる。

さすがに十八歳にもなると、瓜二《うりふた》つというほど似てはいない。狭い肩幅も澄んだ声も、白とパステルカラーの効いた装いも自分とは違う。もっとも、べっこう色の瞳《ひとみ》と細いくせっ毛は、いつまで経《た》ってもそっくりだと両親に言われるのだが。

「ほらあれ。ほっといたらまずいんじゃないか？」

「わ、大変。うさちゃん、じっとしてて」

まどかはピョンピョンと跳び上がり、うさぎに呼びかけた。白いパーカーのフードと、サイドだけ括《くく》った長い髪が跳ねる。

「ああっ、どうしよう。お兄ちゃん、こういうのって交番に届けるの？　消防署？　通報して大げさって言われたらどうしよう」

「うう、おれも分からないよ。どこかではしご借りて、助けようか？」

うろたえる兄妹を見下ろして、うさぎは口元をちまちまと動かした。やはりこちらの存在を認識している様子だ。

うさぎと見つめ合ったまま、直史は着ている青いパーカーを脱いだ。

「お兄ちゃん、わたしも持つ」

まどかが手を伸ばしてきた。パーカーを広げてマット代わりにするつもりだと、言わなくても通じている。

「うさちゃん、降りてきて、こっちこっち」

まどかの呼びかけに、うさぎが耳をピクピクと動かした。

軽い足音を立てて、うさぎが宙に跳ぶ。

舞う花びらに取り巻かれながら落ちてくるうさぎの尻尾《しっぽ》は、大きくふわふわとしていた。

ピンと張っていた布地が、うさぎを受け止めた衝撃でへこむ。

そのままうさぎをパーカーにくるみ込んだ。直史が胸に抱えると、うさぎは鼻をスンスンと鳴らした。

「うわああ、良かったあ、うさちゃん……」

まどかが大きく息を吐いた。

「ふわふわだー、ふわふわのぽっふぽふだー」

白い体毛をまどかになでられて、うさぎは目を閉じてうっとりしている。

「お兄ちゃん。この子、祇園の舞妓《まいこ》さんが飼ってるのかな?」

「舞妓さんはペット飼う暇ないんじゃないか?」

「そっか。昼はお稽古《けいこ》、夜はお座敷で働いてるもんね」

京都に来て一週間ほどだが、二人とも舞妓の生活はだいたい想像できる。小京都と呼ばれる金沢にも、舞妓や芸妓《げいこ》はいるからだ。

「白山《はくさん》にいたうさぎさん、思い出しちゃった」

「白山? あ、小学一年の時?」

まどかに言われて初めて思い出した。

家族旅行で、同じように白くて尻尾の大きなうさぎに遭遇したことがある。

もう十年以上前のことで、すっかり忘れていた。

「お兄ちゃん、あの時のあれ、嘘《うそ》だよね? 白山で白うさぎがしゃべったって話」

「いや、本当」

自分でもおかしいとは思うが、本当のことだ。

腕の中のうさぎをなでつつ、直史は遠い日の情景を思い浮かべた。

紅葉《こうよう》の下で跳ねたうさぎ、自分がうさぎに見せた一冊の本。

「あの時は、うさぎの形をした開発中のロボットかと思ってたんだけどさ。今になって考えると……変だよな？」

「変だよ。その話がほんとなら今頃《いまごろ》とっくに実用化されてるよ？　アニメの猫型ロボットだって、実用化は二十二世紀だよ」

「でも、ロボットでないならお化けや妖精《ようせい》ってことにならないか？」

「お化けなんていません。非科学的だと思いまーす」

「待て、科学哲学的な見地から言うとだな」

「何でしょうか博士《はかせ》？」

まどかは存在しない眼鏡《めがね》をかけ直す手つきをした。博士の助手、という設定で小芝居をしているらしい。

「まどかの言う、お化けは存在しない、って命題《めいだい》も非科学的だぞ。存在しないことを証明するのは不可能だから」

「わー、難しい話だ。逃げまーす」

まどかはすらりとした上体をそらすようにして、また写真を撮り始めた。

「お兄ちゃん、うさぎさんの飼い主探そう？　おにぎり屋さんは後回しで」

「うん。この近くでうさぎを飼ってる人がいないか、聞いてみよう」

「あっ、でもごめん、もう何枚か撮らせて。祇園で写真を撮るのは早朝に限るらしいから。すぐ観光客でいっぱいになるんだって」

「ああ、早めにな——」

京都の地理に詳しくなくとも、このあたりが観光名所なのは何となく分かる。うさぎが乗っていた鳥居の脇《わき》には大きな石柱が立っていて、「辰巳《たつみ》大明神《だいみようじん》」と彫りつけてある。小さいが、有名な神社なのだろう。

三叉路《さんさろ》に位置するこの神社の右手には、すだれを下ろした町家が立ち並んでいる。左手の道は白川《しらかわ》という澄んだ小川に沿っていて、水面《みなも》に映る満開の桜並木と朝の空が美しい。

「写真写りのいい場所だよなあ」

「でしょ？」

まどかは跳ねるような足取りで、白川にかかった石橋に近づいていく。

「この橋が『巽橋《たつみばし》』。カップルに人気の撮影スポットなんだって」

「へえ。それより、橋を渡った先の方が気になるけど」

直史は、巽橋の先にある細い道を指さした。両側に連なる比較的新しい町家は、「京野菜」「豆腐」「鱧《はも》」などと小さな看板を出している。

「そっちの細い道は『切り通し』。おいしいお店が並んでるって雑誌に書いてあった」

「まどか、いつの間にそこまで詳しくチェックしたんだ」

「受験勉強の最中」

「受かったら食べに行こうと思って、いっぱい調べてたの」

「受験勉強の真っ最中に？　受かってからじゃなくて？」

「おみそれしました」

「おいしいものは生きる原動力だね、お兄ちゃん」

まどかはカメラを建物よりももっと上に向けている。満開の桜と朝焼けを撮るために、良い構図を探っているらしい。

「こういう色の春のケーキ、作りたいな。五つの層でできてる」

「どんな？」

「いちごとクリームチーズで桜色のムース。その下にはプレーンな白い生クリーム。真ん中は赤くて甘酸っぱくてぷるっぷるの、いちごのジュレ。四番目はしっとりしたココア生地で、チョコチップがほろ苦とろり。一番下を支えるのが、砕いたビスケットをバターでまとめた薄い生地。レアチーズケーキに、よく敷いてあるでしょ？」

味と舌触りを想像して、直史は唾《つば》を飲み込んだ。

「よだれが出たじゃないか。唾液腺《だえきせん》破壊兵器め」

「言っとくけど、わたしがケーキやパイの話をするのは、将来のためだよ」

「ああ、うん」

間違ってはいない。この春、まどかは調理師専門学校の製菓コースに入学したのだから。しかもカフェ経営を視野に入れた、洋食を作るための講義もあるらしい。

「洋食系と菓子は、まどかにまかせた」

「まかされた、この心臓の鼓動にかけて！」

まどかは直立して拳骨《げんこつ》を握り、左胸に当ててみせた。アニメか何かの影響かなと直史は思ったが、その方面は不案内なので聞かないでおく。

「お兄ちゃん、何か食べたいのある？」

「コッペサンド。具はゆでたエビとかポテトサラダとか、ハムエッグとか」

コッペサンドはまどかの得意料理だ。コッペパンに切れ目を入れて、主に洋風の惣《そう》菜《ざい》をはさむ、というよりぎっしりと詰めてある。

「わたしも食べたいけど、金沢と同じのは厳しいよ？」

「そうだなあ。言われてみれば」

「京都には加賀《かが》野菜がないから……どこでおいしいパンが買えるのか分からないし」

まどかはコッペサンドに加賀野菜をよく使う。金沢周辺で育てられてきた、およそ十五種類の伝統野菜だ。

例えばポテトサラダには、皮をむいて塩もみした加賀太きゅうりを入れる。普通のきゅうりではあの甘みと食感は出せない。

「お兄ちゃんは、京都でも和食担当ってことでオーケー？」

「うん。出汁《だし》さえ取れば何とかなる」

小学校五、六年生の頃に気づいたことだ。

ふっくらした出汁巻き卵、まろやかで透明な衣に鶏肉《とりにく》が包まれた治部煮《じぶに》、熱い湯豆腐《ゆどうふ》。両親が仕事で家を空けている時も、出汁さえあれば後はありあわせの材料でそれなりに料理が作れる、と。

「お兄ちゃん、大学出てから和食関係の仕事すれば？」

「家で作るご飯と仕事で作るご飯は、違うだろ全然」

「じゃ、将来どうするの？」

「父《とう》さんにも言ったけど、まだそこまで決めてない。とりあえず、なるべく就職に有利そうな大学に進学しただけ」

「あっ、秀才自慢だ。妬《や》けるー。嫉妬《しっと》の炎を食らえ」

「自慢って、あのなあ」

そんなつもりはない。むしろ、誰かに教えてほしいくらいだ。

妹は菓子職人になるからいいとして、自分は何になれるのか。

寄る辺ない気持ちになって、直史はうさぎを抱え直した。両手で包むように胸元に抱えこむと、うさぎは鼻先で胸板をつついてきた。

「まどかみたいに将来決めてないからだよ。本が好きだから国文科にしたけど……。ところでさ」

「何？」

「さっきから空ばっかり撮ってないか」

「桜と空を撮ってる。朝焼け、きれいだから」

「背景が空ばっかりだったら、金沢の友だちに送っても意味がないだろ。建物も入れないと、どこの桜か分からないよ」

「違うよー。金沢と京都では、夜明けの空の色合いが違う」

「芸術家っぽいな、なんか」

「でも、建物も撮るっ。玄関の外にもお花が活《い》けてあって、すごいよね」

まどかは先ほどとは打って変わって、石畳や町家や、玄関先の活け花にカメラを向け始めた。

──写真撮って、このうさぎの飼い主探して……おにぎりを食べられるのは相当後だな。

引っ越し直後にネットで調べて見つけた、祇園で早朝から営業している店。味付けや握り具合を覚えて、自分でも作ってみようと目論《もくろ》んでいたところだ。

しかし、こんな朝早くから飼い主探しは無理だろう、と気がついた時、腹がグウと鳴った。

「まどか」

「ああ、なんて悲しい叫び。君は今、空っぽなんだね……」

直史の顔ではなく、シャツに覆われた平らな腹を見つめながらまどかは言った。

グウウウ、と今度は長めに腹が鳴る。

「もうちょっと待ってて、じきにおにぎりで満たされるから。ごめんね」

まどかは直史の腹に向かって詫《わ》びた。今度は、まったく鳴らない。

「分かってくれたんだ。よしよし」

「おれの腹と会話するな」

直史は石畳を踏み鳴らして不満を訴えた。腕の中でうさぎが驚いたように身じろぎしたので、慌てて「ごめん」と謝る。

「早くおにぎり屋に行こう。学校が始まったら絶対、こんなにのんびりしてられないからな」

「うさぎさんはどうするの？　動物はきっと入店禁止だよ」

「おれが抱えて、外で待ってる。時間が早すぎるから、やっぱり一度家に帰ってから飼い主探そう」

「うん分かった、あと一枚だけ撮らせて」

「菜《な》の花《はな》のおひたしと出汁、仕込んであるから」

どちらも、直史が昨夜《ゆうべ》のうちに用意しておいたものだ。明日《あした》の朝はご飯を炊《た》かず、評判の店でおにぎりを買いたい……とまどかが言うので、朝食当番として巧《うま》く段取りをしたつもりである。

「お兄ちゃん、帰ったら何作るの？」

「かきたま汁に一味《いちみ》唐辛子《とうがらし》を振って、オーブントースターで鮭《さけ》を焼く」

「食べたい！　でも野菜が少なくない？」

「じゃあアスパラガスと春キャベツとプチトマトをオリーブオイルで焼いて、出汁で割った醤油《しょうゆ》をからめて、熱いうちに食べよう」

「おいしそう。『春野菜あったかジューシィ焼き』って感じ」

「一汁三菜《いちじゅうさんさい》でちょっと豪華だけどな」

「よし撮れた、お待たせ！　……ちょっと、お兄ちゃん」

まどかは直史の足元に視線を落とした。チノパンの裾《すそ》がずり上がって、足首に巻いた重さ一キロのウェイトが露出している。

「出ちゃってるよ。アンクルウェイトが」

「おお。ありがと」

直史はうさぎを一方の手で抱え直し、かがんで裾を下ろした。

中学に上がっても教師や同級生に「妹そっくり」と言われるのが気になって、軽い筋トレを始めた。毎日ではないが、こうして服の下にウェイトをつけることもある。

「大学始まってから、もてないよ？　そんな風に筋トレの道具がはみ出してたら」

「ということはウェイトさえ隠してれば、おれはもてるわけだ」

まどかは「んっ？」と怪訝《けげん》そうな声を出した。

「お兄ちゃんとは高校が別だったから、分かんない。もてた？」

直球が飛んできて、焦る。「友だちの中には女子も複数いたが別段もててはいない」と正直に答えるのは、あまり楽しくない。

「冗談だよ。本気で追及するな」

「ほほう。追及しないであげましょう」

まどかは両眼《りょうめ》を分度器《ぶんどき》かカマボコのような形にして、にやついている。

息の合う双子の妹ではあるが、時々予想もしない発言をするので油断ならない。

「おにぎりも大事だけどさ」

直史は抱えたうさぎを見下ろした。

「このうさぎ、もしかして誰かにさらわれて、わざと鳥居に乗せられたんじゃないか？　嫌な話だけど」

「うん。実は遠くから連れてこられたのかも」

直史はうさぎが不憫《ふびん》になって、頭をなでてやった。

「飼い主が見つからなかったら、うちに来るか？」

柔らかく背をなでられて、うさぎは両耳をだらんと脱力させている。

「お兄ちゃん、情が湧《わ》いちゃってる？」

「割と」

まどかは深刻な顔で「うー」とうなった。

「でも、大家《おおや》さんに反対されたらどうするの？」

「庭で飼う分には、反対しないかもしれない。古い一軒家だから、案外中で飼ってもいいって言ってくれるかも」

「もし駄目って言われたら、里親探し？」

「それがいいと思うよ。こんな小さいうさぎ、ほっといたら確実にカラスか何かに食われそうだ」

うさぎがカラスに食われる、というイメージに既視感《きしかん》を覚える。

幼い頃に出会ったあの白山のうさぎは、無事だったのだけれど。

「お兄ちゃん、うさぎってどのくらいのかご買えばいいの？　予防接種要るのかな」

「おれより飼う気満々じゃないか。とにかく、あとで近所の人に聞いてみよう」

直史が「なあ、このへんの子だろ？」と語りかけると、うさぎは左右に首を振り、それから嫌々をするように身をよじった。

「あっ」

うさぎが高く跳んで、遠く離れた位置に着地する。

「危ないぞ、車が来たら……！」

うさぎは小気味よく石畳を蹴《け》りながら切り通しへ入っていき、右へ曲がった。周辺の地理を知り尽くしているような迷いのない動きだ。

直史とまどかも角を曲がって探したが、うさぎの姿は見当たらない。

「あいつ、家に帰ったのかな」

「だったら、いいけど。うさちゃーん？」

まどかは四方を見回しながら路地を歩き、時には玄関先に置かれた植木鉢の陰を覗《のぞ》き込んでいる。

「近所迷惑にならないようにな」

と注意しつつ直史も一緒に歩いたが、見つけられないうちに二車線の大きな道路に出てしまった。

「やだ、どこ行っちゃったんだろ」

心配そうにまどかが呟《つぶや》く。

直史も心配だったが、ひとまず呼吸を整え、今来た路地を振り返ってみた。

通行人はいない。カラスや野良猫も見かけない。屋根の上に、名前の分からない鳥が一羽止まっているだけだ。

黒い羽毛に白い斑点《はんてん》が吹雪《ふぶき》のように散っているのを見て猛禽類《もうきんるい》を連想したが、体型は鳩《はと》に似ている。少なくとも、小動物を襲う種類ではなさそうだ。

「やっぱり、家に帰ったんだよ。飼い主がドアを開けて入れてやったんだ」

「そうかなあ？」

「他に通行人がいないから、誰かが連れてったんじゃないと思う。カラスや野良猫に襲われたなら、毛とか血とか落ちてるはず」

「お兄ちゃん、何て想像してるの」

まどかは渋い顔になったが、やがて表情を少しだけ緩めた。

「うん、でも、無事なら、いいな」

自分を納得させるように、途切れ途切れに言う。

「ほら、行こう。また近くに来たら会えるかもしれないぞ？」

「うん」

来た道を戻り、路肩に止めておいた自転車に跨《また》がった。

「もしかしたらあいつ、あの時のうさぎじゃないかな。白山にいた……」

「はあ」

まどかはペダルを漕《こ》ぎながら嘆息した。

「そんなわけないでしょ。子うさぎって、すぐ大きくなるらしいよ？」

言うことはもっともだと直史も思う。

しかし『このへんの子だろ？』と尋ねた時、うさぎは首を振った。言葉が通じたような気がしたが、やはり自分の思い過ごしだろうか。

「何でか、初めて会った気がしないんだ」

「小さくて白くて、尻尾がふわふわなうさぎなんて、どこにでもいるって」

まどかはまったく取り合わない。

「だいたい、十一年と半年前の話でしょ？　ずっと子うさぎのままで、しかも京都まで会いに来るなんて。いくら霊場白山でも、そんな不思議ありえないよ」

白山は、金沢市と同じ石川県にある。白山比咩神社《しらやまひめじんじゃ》を擁する、古くから信仰を集めている霊場――というのは大きくなってから得た知識で、直史にとっては家族で弁当を持って出かけた懐かしい場所だ。

＊

小学一年生の頃は、色々な物が大きく見えた。家族で乗るワゴン車も、他の街へと伸びる国道も、両親に教えられながら釣りをした白山の渓流も。

紅葉《もみじ》狩りに行った時の白山の景色《けしき》は、なおのこと雄大だった。

冷たい青空の下に紅葉した山並みが壁のように連なっていて、あの山の向こうには自分のまったく知らない世界が広がっているように思えた。

ダウンジャケットやマフラーでぷくぷくと着ぶくれした小学一年生の直史は、滝のそばの大きな岩にまどかと座って、山と空とを眺めていた。近くで両親がビニールシートを敷いて、弁当の準備をしてくれていたのを覚えている。

やがて景色を眺めるのに飽いてきた直史は、抱えていた本をまどかにも読ませようとして、お揃《そろ》いのダウンジャケットの袖《そで》を引っ張った。

その時まどかが、白い子うさぎを見つけたのだ。

紅葉の木陰に、うさぎは二本足でぽつんと立っていた。

まどかと二人で「うさぎさんだっ」「さわれるかな?」とささやきあっていると、大きなカラスが一羽、うさぎの前に舞い降りた。

小さな子うさぎに比べると、カラスは三倍も大きく見えた。

「お兄ちゃん。うさぎさんが、あぶないよ」

「助けよう!」

「うん」

直史もまどかも同時に岩から飛び降りて、走りだした。

うさぎとカラスがこちらを見ている。

カラスは驚いて去っていくに違いない、と直史は思った。

そんな時、うさぎとカラスは信じられない動きをした。

顔を見合わせて頷《うなず》いたのだ。

まるで何かを確認し合ったかのように。

カラスは駆け寄ってくる直史たちを恐れる様子もなく、悠々と飛び立っていった。

「うさぎさん、もう大丈夫《だいじょうぶ》だよっ」

まどかが子うさぎの前にしゃがみ込んだ。

直史は「変だな」と思いながらも、一緒にうさぎをなでた。

尻尾が大きくふさふさした子うさぎは、頬《ほお》を手にすりつけてきた。

間もなく両親が「お弁当食べるよっ」と二人を呼び、うさぎはどこかへ跳ねて行ったのだけれど。

＊

「わたしだって一応心配したんだよ？」

前を走るまどかの声で、直史の追想は打ち切られた。道はもう石畳ではなく細い舗装路で、両側には町家と小さなオフィスビルが入り交じって並んでいる。

特徴的なのは古美術店の看板がいくつも目につくことだ。ショーウインドウに子どもの背丈ほどの縄文《じょうもん》土器が飾られているのに驚いてしまう。

「心配って、何を？」

「お兄ちゃん、戻ってきたと思ったら『うさぎとしゃべった』なんて言い出すから」

「ああ、父さんと母《かあ》さんに『はあっ？』って大声で聞き返されたっけ」

むっつりした顔でペダルを踏む。

ほんのひと時だが、本当に話していたはずなのだ。

お化けの話が好きな、子うさぎの形をした何かと。

＊

白山での昼食を終える頃、直史は最後のおにぎりを一人で食べようと思った。

一人で見晴らしの良い所へ行って本を読みながらおにぎりを食べたら、冒険みたいで面白い気がしたからだ。

「あっちの高い所で食べる」

直史の主張に両親は若干《じゃっかん》驚いた様子だったが、すぐに「いいよ」と言った。ただ

「父さんと母さんの姿が見える場所でね。何かあったら大声を出してね」としつこく注意されたけれど。

まどかが一緒に行きたがるかと思ったが、おやつのマドレーヌに夢中であった。

右手におにぎり、左手には本。川べりから斜面を上がった登山道へ、直史は一人で歩いていった。

見事に紅葉している楓《かえで》の大木を見つけて「あそこで食べよう」と思った直後、根元に小さなうさぎを見つけた。

「あ、さっきのうさぎ？」

思わず声を出すと、

「おお、いかにも。うらを助けようとしてくれたな。礼を言う」

うさぎが、しゃべった。

人間の女の子みたいな声で、しゃべった。

驚きで危うく本とおにぎりを落とすところであった。

自分のことを「うら」と呼ぶのは、白山周辺の方言《ほうげん》だ。旅館や売店の人々が使っているのを聞いたばかりだから分かる。しかしうさぎの話しぶりはずいぶん厳《いか》めしい。

本で読んだ昔のお姫様のようだ。

うさぎが人の言葉をしゃべるわけがない。いくら小学一年生でも、その程度の常識はある。

それでも逃げようと思わなかったのは、礼を言われたからだった。

たぶん仲良くできる相手だ、と直史は幼いなりに分析していた。

「一緒におったのは、きょうだいか？」

「まどかは双子の妹だよ。今おやつ食べてる」

「おお、双子か。よう似ておったな」

「さっきの大きなカラスは？」

「あのカラスは知り合いゆえ、心配いらぬ。この子どもらはうさぎを助けようとした、きっとうさぎを好きなのだと、頷き合っておっただけ」

「何でうさぎが人間の言葉をしゃべってるの」

率直に聞くと、うさぎは張り切ったように両耳を立てた。

「なぜだと思う」

「うーん。研究所でできたロボットだから？」

以前、テレビのニュースで見聞きしたことがあった。人間と簡単なやりとりができる、動物や人の形をしたロボットが開発されている、と。

「その話は、うらには分からぬ」

うさぎはぴょんぴょんと跳ねて、近づいてきた。

「ところで、良いものを持っておるな」

「どっちのこと?」

直史はおにぎりと本を掲げてみせる。

「こっちはおいしい、こっちは面白い」

「ほほほ」

人間の少女そっくりの声で、うさぎは笑った。

「人間の体を作るのは食べ物、人間の心を作るのは本」

このうさぎは難しい話をしている、と直史は思った。しかし決して不快ではない。

食べ物も本も、好きな話題だ。

「大事なことを、小さな子に聞こう」

そう呼ばれたのは気に入らなかったので、

「小さな子じゃない。直史」

と訂正してやった。

「では、直史に大事なことを聞こう」

幸い話の分かるうさぎらしく、言い直してくれた。

「あやかしの場合は逆だと知っているかな？」

「あやかしは、逆？　ええと……」

それはさっきの話だろうか。あやかしが、お化けとも妖怪《ようかい》とも呼ばれる不思議な存在だとは知っているが。

「あやかしの体を作るのが本？　あやかしの心を作るのが食べ物？」

口に出してみたが、へんてこだ。体を作るのが本だなんて。

「変だ、そんなの」

「おお、やはり知らなんだな。この理《ことわり》を」

楽しそうに目を細めてうさぎは言った。

「知らぬといえば、うらの名を教えておらなんだ。白山に住むククリ姫という」

うさぎは両前足で棒切れを持って、地面に「ククリ姫」と書いてみせた。

「直史は、どこに住んでいる？」

「金沢に住んでる。うちは金沢の食器屋だから」

「金沢に！」

ククリ姫は両耳をピンと立てて、著しい反応を見せた。なぜだろう、と思いつつ、直史は手近な岩に座っておにぎりを食べ始めた。家で作った鶏の唐揚げが丸ごと一個入っていて、ご飯からはみ出たカリッとした部分から食べるのがおいしい。

「その本は直史のものかの？」

うさぎは、直史が一方の手で抱えた本を見上げてきた。

表紙に記されたタイトルは、『草迷宮《くさめいきゅう》』。作者名は『泉鏡花《いずみきょうか》』。

「うん、ぼくの。大人《おとな》の本だぞ」

と自慢した後でこれは嘘だと思い直し、

「子ども向けに書き直してあるって、父さんと母さんが言ってた」

正直に申告した。そもそも表紙に『子どもの鏡花シリーズ』と銘打《めいう》たれている。

「どのようなお話か、語っておくれでないか？」

ククリ姫の頼みに、直史は気を良くした。本の話は好きだ。

「旅をしているお兄さんと、旅をしているお坊さんが、幽霊屋敷に泊まって色んなお化けに会う話だよ」

「どのようなお化けかの？」

尋ねられて、表紙をククリ姫に見せる。

「お化けの親分が、山ン本五郎左衛門《さんもとごろうざえもん》。親分の友だちが女の人」

立派な侍《さむらい》と、着物をまとった女性のイラストを指さしてみせる。

「あと、顔がうさぎになってる侍女《じじょ》と、犬になってる侍女。あと、色々出てくる」

「うむ、うむ」

ククリ姫は、分かっているような調子で頷いた。

「直史は、あやかしの本が好きか？」

「好き」

他にもお化けの出てくる本はたくさん読んでいる。

「ぼく、がしゃどくろも知ってるよ。でっかいガイコツ。べとべとさんは、山道で後ろからついてくる」

図鑑で知った名前を挙げると、ククリ姫は「おお」と感心したように言った。

「よく知っているな。あやかしたちのことを」

「うちの本で読んだ！　もっと知ってる」

両親と祖父が買い与えてくれた絵本や、イラストの豊富な妖怪図鑑を思い浮かべながら直史は答えた。

他にももっと知っているから、聞いてくれてもいいのだぞ――という子どもっぽいおごりも、あったかもしれない。

「決めた。うさぎもお話も好きな、金沢の子。直史に決めた」

ククリ姫の言うことはよく分からなかった。自分が何かに選ばれたのだろうか。

「されど直史はまだ小さい。十八歳まで待つとしようか」

「十八歳？」

話が見えないが、遠い未来の話が出てきて戸惑った。

「どうして、十八歳？」

「今の人間は、十八歳頃におおむね将来が決まるのであろう？」

どういう話なのか分からないながらも、直史には悟るところがあった。

「ククリ姫は、お化けなの？」

うさぎは小さな口を開けて、何かを言おうとした。

その時、川の方から両親が「直史ー、戻ってきなさい」と叫ぶのが聞こえて、直史は振り返った。

遠い川岸に両親とまどかがいて、こちらを見上げている。

大きな声で「今行く」と返事をしてから正面に向き直ると、さっきまでククリ姫のいた場所に、赤い着物姿の少女が膝《ひざ》を崩して座っていた。

年の頃は十五、六歳だろうか。

散り敷く紅葉に紛れてしまいそうな赤い振袖《ふりそで》に長い黒髪を垂らしている。

少女は直史を見つめ、唇の両端をきゅっと上げて、笑った。

直史がどうしていいか分からずにいると、少女は人差し指を立てて口元に持っていき、「内緒」という仕草をした。

「あの、おねえさん。ここにいたうさぎ、知らない？」

少女の大きな黒い瞳に、吸い込まれるような心地《ここち》がした。少女は何も言わず微笑《ほほえ》んでいる。

「直史ー？」

心配そうな両親の声がまた聞こえた。

「今行く！」

と川岸に向かって叫ぶ。

「おねえさんも、一人で山にいたら危ないんだよ」

そう言ってまた正面を向くと、少女は消えていた。白いうさぎの姿も、やはりない。

「おねえさん？」

地面に残る「ククリ姫」の文字を、はらはらと降る紅葉が覆い隠していった。

*

「でも本当、あの時はびっくりしたあ」

まどかがペダルを漕ぎながら懐かしそうに言った。

「お兄ちゃん、小さい時からまじめだったもん。それが、『うさぎとしゃべった！』なんて。うちのお兄ちゃんもこういうこと言うんだなーっ、て思った」

横断歩道の手前で停車して、まどかは左手に建つ八《や》坂《さか》神社《じんじゃ》の西楼門《にしろうもん》を見上げている。信号機のそばには「祇園」と標識が掲げられている。ここが祇園と呼ばれる地域の中心なのだろう。

「本当にうさぎとしゃべった……と思ったんだけど。夢だったのかなあ」

「空想と現実がごっちゃになっちゃったんだよ。小さい子にはよくあるらしいよ？」

「たぶんそうだとは思うけど。うさぎの話、面白かったよ。人間にとっての栄養は食べ物で、あやかしにとっての栄養は、本になってみんなに語られることだって」

「むむ？」

まどかはいかにも不可解と言いたげに、サドルの上で身を揺らした。

「お兄ちゃん、小学一年生にしては理屈っぽい空想してたんだね」

「うん……」

空想。確かにそう考える方が妥当だろう。

信号が青に変わった。並んで横断歩道を走り始める。

「父さんと母さんにびっくりされたから、言いそびれてたけどさ」

「まだ何かあったの？」

「うさぎが消えた後に着物姿の女の子が座ってて、にっこり笑ってすぐ消えた」

「あー、それはもう、夢だよお兄ちゃん。間違いなく夢。何でそんな突拍子《とっぴょうし》もない体験を信じたまま大学生になれたわけ？」

「信じていたっていうより、忘れてたんだよ。あれから不思議なことは起きなかったから、友だちとか学校とか、色んな現実に取り紛れてさ。日常性への埋没だな」

「埋没だって！　また難しいこと言い出した」

「まどかはお菓子の世界に埋没してるよな」

「一生埋没しますけど、何か？」

そうこう言っているうちに、瓦葺《かわらぶ》きのおにぎり屋が見えた。

入り口にかかった暖簾《のれん》が、柳のようにゆったりと春風にそよいでいる。

「ごめんくださーい」

「ようこそ、おいでやす」

暖簾をくぐると、白い割烹着《かっぽうぎ》を着た三十歳くらいの女性が迎えてくれた。

木の枠とガラスでできたショーケースに、おにぎりが並んでいる。

ざっと見たところ、十種類ほどだろうか。

「まどか。予算的に、そんなにたくさん買えないからな。三つずつ」

「わたしは二つでいいよ。そんな大食らいじゃないから」

「へーえ」

大食らいでないと言いつつ、まどかはショーケースにくまなく視線を走らせている。

直史も同じだ。やや縦長の三角形に握った白飯に焼き鮭の切り身を合わせて、海苔《のり》でしっとりと抱き込んだおにぎりが特に気になる。

「お兄ちゃん、『大原《おおはら》の里の柴漬《しばづ》け』だって」

まどかが指さしたのは、赤紫蘇《あかじそ》色のキュウリとナスの漬物——柴漬けを混ぜ込んだおにぎりだった。同じく縦長の三角形に握って白ごまを散らし、細く切った海苔を一本、着物の襟《えり》のように巻いてある。

「おひなさまみたい、ここのおにぎり。三角だけどほっそりしてて、色がきれいで」

両親に「食いしん坊」と言われてきた二人だが、まどかの方は和洋を問わず、彩りや形のきれいな食べ物に弱い。

「お兄ちゃん、大原ってどこ？」

「京都の北の方。赤紫蘇とか、京野菜とかが採れるらしい」

本で得た知識を直史が披露《ひろう》すると、まどかは陶酔した声で「ふうん」と言った。

「大原……。おいしいものが育っていそうな響き」

「どんな響きだよ」

「だって、大きな原だよ？」

「ああ、うん。おいしそうだな。大原は原っぱじゃなくて山奥だと思うけど」

たぶんまどかの脳内では、広大な野原で牛や野菜がすくすくと育っている光景が展開されている。推測と合意が成り立つのは、一緒に育った双子ならではだ。

――きっと、三つにするって言い出す。

直史の予想通りに、まどかは「やっぱり三つ買う」と呟いた。

「自転車で六十分走ればそれぐらいカロリー消費するんだよ、お兄ちゃん」

「いや、別にそこまで聞いてない。三つな」

柴漬け、おぼろ昆布《こんぶ》、ちりめん山椒《さんしょう》を一つずつ直史が注文すると、まどかは穴子《あなご》の甘煮、柴漬け、ちりめん山椒を選んだ。

焼いた鮭にも、かきたま汁にも合いそうだ。そう思うと直史は一刻も早く家に帰りたくなる。

「学生さんですか？」

割烹着の店員が聞いてきた。まどかが「はいっ」と元気よく答える。

「金沢から来たんです。わたしが調理師専門学校の製菓コースで、こっちの兄が和食好きで、大学の国文科です」

いやいや、そんなに詳しく聞かれてないだろう……と直史は妹のおしゃべりに苦言を呈したくなったが、店員は気にした風もなく笑顔で頷いた。

「まあ、京都まではるばる。二人とも、ようできはるんやね」

「あ、ありがとうございます」

照れ笑いをしながらも、まどかは素直に礼を言った。

「今年、新入生ですやろ？」

「わっ、どうして分かったんですかっ？」

驚くまどかに、店員が笑いだす。

「うふふ、分かります。京都に出てきたばっかりの学生さんら、元気ええから」

おにぎりの包みを受け取りながら、まどかは晴れがましそうな顔をしている。

褒められたのは驚いたが、直史はすでにこの店を好ましく思っていた。両親が金沢人でないせいもあって方言がほとんど身についていないことを、いちいち指摘してこない。

京都市の人口のおよそ一割は学生で、京都市民はおおむね学生に優しい――という入学前に聞いた噂《うわさ》を、ふと思い出した。

「絶対また来ますね！」

まどかの言葉を受けて、店員はふっと笑った。

――この人、犬歯が普通より尖《とが》ってるな。牙《きば》みたいに。

そう思った直史は、急いで目を逸《そ》らした。快く接してくれる相手に、ぶしつけな視線を送りたくなかった。

「おおきに、またどうぞ」

店員の声に送られて店を出る時、どこか遠くから歌声が聞こえてきた。

――喪《も》が明けた、喪が明けた、泉鏡花の喪が明けた……。

直史は、聞き間違いかと思った。妙な歌詞だ。

「お兄ちゃん。今、歌が聞こえた？」

まどかも自転車に跨がりながら、怪訝な顔をしている。

「聞こえた。何か、泉鏡花の、喪が明けた？　って聞こえたみたいなんだけど。聞き間違いかな」

「わたしもそんな風に聞こえたけど。泉鏡花って、昔の小説家だよね？」

「ああ。でも、泉鏡花が亡くなってから七十年以上も経ってる。今頃『喪が明けた』ってのはおかしいよな」

泉鏡花とは、明治時代から昭和初期にかけて活躍した小説家だ。

白山に持っていった子ども向けの『草迷宮』の、原作者でもある。

出生地は、直史たちと同じ金沢。まどかはそれほど興味がないようだが、直史は『子どもの鏡花シリーズ』はもちろん、高校時代に原文で『高野聖《こうやひじり》』や『草迷宮』などを読んだことがある。

あやしげな妖怪たちが人の世界に交じってくる話を数多く残し、現代になっても鏡花の愛読者は多いのだという。

「もっと違う歌詞を聞き間違えたのかもしれないな」

「そうだよ。喪が明けたって、何か、歌詞にすると怖い感じがするし……。わたしたち、金沢が恋しいから金沢の作家の名前を思い浮かべちゃったのかな？」

「まさか。そんな寂しん坊じゃないだろ」

　と言った後で、ふと思い当たる。

「そういや、鏡花が京都にいたこともあったらしい。鏡花のデビュー作は、京都の新聞での連載だったんだって」

「へー、デビューって言ったら東京だと思ってた。でもお兄ちゃん、何でそんなに知ってるの？」

「高校で習った」

「お兄ちゃんの高校、勉強熱心だよねえ」

「特別集中講義があったんだよ。故郷の誇り、鏡花を学ぼう……っていう」

「でも、今の京都では話題にならないんじゃない？」

「たぶんな」

「そうだ。さっきの歌、外国の歌詞が日本語みたいに聞こえたのかもよ？」

「英語とかフランス語とか？　そんな感じじゃなかったぞ？」

「もっと全然聞いたことない言語。スウェディッシュ・ポップみたいな」

「なるほど、スウェーデン語とかフィンランド語とか、どんな単語があるのかすら全然分からないもんな」

　直史が納得していると、まどかはペダルを漕ぎだした。

「めんどくさいけどっ、入学式の前に、引っ越しの荷物をっ、片づけるぞー」

　漕ぐリズムに合わせて、まどかが宣言する。

「その前にご飯だ」

「うんっ。早く帰ろう」

　まどかが嬉《うれ》しそうに応《こた》える。

「おいしそうだよね、このおにぎり」

「家でも作れるといいんだけどなあ。今買ったみたいな、ちょっと凝ったのを」

　いかにして安くおいしく下宿生活を営むか考えながらも、直史はうさぎの行方《ゆくえ》が少しだけ気にかかっていた。

　祇園で買ったおにぎりは、毎日食べたいと思える味だった。

　特にちりめん山椒は小魚の食感と山椒の清涼感が溶け合った優しい味、柴漬けはカリコリとした歯触りが心地よく、まどかが「京都に来て良かったあ」と感嘆の声を漏らしたほどだ。

しかしちりめん山椒も柴漬けも、家で作れるのだろうか。瓶詰《びんづめ》を買ってくる——となると、家でおにぎりを握っても高くついてしまうのが悲しい。

昼食は近所のスーパーで買った惣菜で済ませ、調理はやめにした。それでも、引っ越しの荷物がどうにか片づいたのは午後三時過ぎであった。

明るいうちに近所を探検してくる、と言って外に出たまどかは、夕方の五時過ぎに帰ってきた。

「おー、お帰り。何か面白いものあったか？」

「うん、これ見て、これ。可愛《かわい》いでしょ？」

ダイニングキッチンに入ってきたまどかが取り出したのは、ころりと丸いうさぎの置物だった。白いうさぎと、桃色のうさぎが一つずつ。大きさは卵くらいだろうか。

「何だこれ？」

「中におみくじが入ってるの。帰りに、うさぎが御使《おつか》いの神社見つけたんだよ。岡崎《おかざき》神社《じんじゃ》っていうの。狛犬《こまいぬ》じゃなくって、狛うさぎが並んでた」

「へー、珍しいな」

「今朝うさぎを見て、夕方またうさぎの神社を見つけたから、気になって。お兄ちゃんの分も勝手に引いてきちゃった」

「可愛いから二つ欲しくなったんだろ」

「あ、分かっちゃった？」

「お見通し。おれ、こっちの白いのがいい」

白い方のうさぎを受け取って、引っ繰り返す。おそらく陶器製の、軽い置物だ。底に開いた細い穴から、赤い紐《ひも》が出ている。

まどかが紐を引っ張って、自分のおみくじを取り出した。

「わ、大吉《だいきち》！『転居・家移《やうつ》り、大変よろし。面白き客、来《きた》るべし』だって」

「ふーん。友だちたくさんできそうだな」

直史もおみくじを取り出して広げた。思わず「へっ？」と間の抜けた声が出る。

「何だった？　お兄ちゃん」

「同じみたいだ。大吉で『転居・家移り、大変よろし。面白き客、来るべし』」

「ほんと？　見せて」

まどかが自分のおみくじをテーブルに置く。直史も隣に並べてみた。一言一句《いちごんいっく》、そっくり同じおみくじだ。

「こんなことってあるのか？」

「社務所にいっぱい並んでる中から二つ、適当に選んだんだけど」

「トランプの神経衰弱《しんけいすいじゃく》みたいに、同じのを引いたわけか」

「うん。大吉が多い神社なのかも」

「ちょっとびっくりしたけど、幸先いいよな」

夕食は、実家から送られてきたレトルトのシチューにまどかの作った温野菜《おんやさい》サラダを添えた。引っ越し早々に食べ物の援助が来るあたり、両親は過保護か、どこまでも自分たちを食いしん坊だと思っているのか、たぶん両方だろう。

夕食後のほうじ茶を飲んでいるうちに、眠くなってきた。引っ越しで出た不要な段ボールはいつどこに捨てるんだっけ、などと唐突に思い浮かび、まどかが起こしてくれるから少しくらい寝てもいいや、とも思い、いや、放っておかれるかな、と思い直す。

——今日《きょう》は、疲れたな。祇園のおにぎり屋に行って、後は片づけしただけなのに。

テーブルに頬をつけて目を閉じる。今朝聞いた、おかしな歌が近くで響いている。

明けた、明けた、喪が明けた。泉鏡花の、喪が明けた……。

——そりゃとっくに明けてるだろ、昔の人なんだから。

そう言いそうになった直史の目の前に、畳敷きの和室があった。火のともった四角い行灯《あんどん》、文机《ふづくえ》や座布団《ざぶとん》、そこに座る着物姿の男性がぼんやりと見える。

——夢だな、これは。

ダイニングキッチンにいたのだから、この情景は夢に違いない。

薄闇《うすやみ》に目が慣れてきて、和室の様子を細かに観察できた。座布団に座る男性は、眼鏡をかけている。髪を後ろに撫《な》でつけて額を出した髪型で、年齢は二十歳《はたち》前後に見える。文机に置かれた紙に、筆で文章を書いているようだ。

——あなたをどうやって、物語につづりましょうか。ククリ姫。

青年が筆を置いて、文机の向こうに正座している人物を見た。長い黒髪を赤い振袖に垂らした、色の白い少女が笑みを浮かべている。

年頃は十五、六歳だろうか。

どこかで見た顔だと思い、すぐに白山で出会った少女だと気づいた。大きな黒い瞳、長い黒髪、紅葉に紛れそうな赤い振袖。

やっぱり夢なんだな、と直史は実感した。久しぶりに思い出したせいで夢にあの少女が出てきたのだ、と。しかも、あのうさぎと同じ名前で。

——怖く書いておくれ、うんと怖く。

ククリ姫と呼ばれた少女は、楽しみでたまらない様子で青年にねだった。その声は、白山で出会ったうさぎと似ている気がした。

――あなたは白山を守る神でしょうに。怖くしてどうします。

青年は困ったような声で言ったが、目元が笑っている。

――知っているであろう。我が役目の一つは、人の世とあやかしの世をくくること。怖くなくてどうします。

少女が青年の口真似をすると、和室の隅から「どうします」「どうします」と囃《はや》す声が上がった。小さな、小さな声だった。

――ええ、承知しました。怖く、けれども可愛らしく書きましょう。この水晶のうさぎのように。

青年は左の手のひらに透明なうさぎの置物を乗せた。愛《め》でるような優しい眼差《まなざ》しで見つめながら、もう一つ。

――本当に、うさぎが好きだこと。

赤い袖を口元に寄せ、少女が笑う。

――初めて出会った時も、お主《ぬし》は懐《ふところ》に水晶のうさぎを大事に持っていた。京の三条《さんじょう》大橋《おおはし》の上で、ぼんやり鴨川《かもがわ》を見ていた時……。

鏡花は苦い笑いを浮かべて、なぜか自分の腹をなでた。

——あの時ククリ姫は、私が川に身投げをするのだと勘違いして、体当たりしてこられましたね。私は欄干《らんかん》で腹を打って、たいへん痛かった。

——済まなんだ。早く止めなければ、と思うあまりに。

——身投げをするつもりなんぞ、ありませんでしたよ。私はただ『京都日出新聞《きょうとしんぶん》』に連載した処女作《しょじょさく》が不評だと聞かされて、もう書かなくてよろしいと先方に言われて落ち込んでいただけなのだ。

——分かっておる、あの時聞かされたゆえ。

ククリ姫は決まりが悪そうに、こほんと咳払《せきばら》いをした。

——鏡花。お主は大人なのか、子どもなのか、よう分からぬ。

——子ども？

鏡花と呼ばれた青年が、むっとした顔で聞き返す。

——子どもは、うさぎを可愛がるではないか。

——私が水晶のうさぎを大事にするのは、子どもらしい心からではありません。

——ならば、いかなる心からうさぎを愛でるのか。

——うさぎは縁起《えんぎ》が良いのです。私にとってはね。

――なにゆえ？

――子《ね》、丑《うし》、寅《とら》、卯《う》、辰《たつ》、巳《み》……。干支《えと》の順番で、自分の干支から数えて七番目は守り神となるのです。私の守り神はうさぎだと言って、幼い頃に母が水晶のうさぎを二つ買い与えてくれた。これは若くして亡くなった母の形見《かたみ》でもある。

――そう……。

しんみりと少女は言い、うつむいた。

――優しい母御《ははご》。

少女の言葉に合わせるように、「優しい」「優しい」と小さな声が上がる。丈の短い着物を着た子どもが四人薄闇から現れて、少女と青年の周りを歩き回った。全員が、白い狐《きつね》の面を被《かぶ》っている。

――狐わらべたちも、うんと恐ろしく書いてやろうね。怖いわらべ歌をみんなで歌いながら、大人を脅かす役はどうだろう？

子どもたちはどっと笑い、二人ずつ文机の両脇《りょうわき》にころころ寝転がった。青年の提案が気に入ったらしい。

――うらやましい、狐わらべはさっそく役が決まった。

少女が拗《す》ねたように唇をとがらせる。青年は笑いながら筆を執った。

――まだ構想段階だが、『草迷宮』というお話です。あなたも出しますからね。

すごい夢だな、と直史は感心していた。

目の前にいる青年は『草迷宮』の作者、泉鏡花だ。幼い頃に母を亡くし、水晶のうさぎを大事にしていたという逸話も何かで読んだことがある。起きている時に見たうさぎがきっかけとなって、こんな夢を見ているのだろう。

――『草迷宮』……。どのような話かの？

少女が尋ねる。鏡花は文字を綴《つづ》りながら語りかける。

――東の国、三浦半島《みうらはんとう》にある草深い化け物屋敷のお話ですよ。加賀白山にお住まいのククリ姫には縁遠い土地、はたしてどの場面に登場させたら良いものか思案中で……。

無茶苦茶《むちゃくちゃ》な夢だ、と直史は自分にあきれてしまう。

聞いているうちに思い出したが、白山比咩神社の祭神《さいじん》は菊理姫命《くくりひめのみこと》という。そのククリ姫と仲間を、泉鏡花は平然と物語に書こうとしている。話を総合すると、そういう事情らしい。

――私の文章だけではない。小説家として身を立てていけば、きっと、腕の良い絵師が挿絵《さしえ》を描いてくれるようになるでしょう。

得意げに鏡花は言う。ククリ姫は、恋焦がれるような視線を水晶のうさぎに注いでいる。

――うらは、うさぎがいい。

少女もまた、自分のことを「うら」と呼んだ。あのうさぎ、ククリ姫と同じように。

――え、何ですって。

きょとんとする鏡花を見て、ククリ姫は笑った。

――このままの姿では工夫《くふう》が足らぬ。うらは白うさぎに変化《へんげ》して、鏡花の物語に組み込まれたい。

ククリ姫は立ち上がり、袖を振った。舞う袖がふっと空中で消えたかと思うと、座布団の上に白いうさぎがちょこんと丸まっていた。体は小さく目は紅《あか》く、大きな尻尾はふわふわしている。

――や、これは！

鏡花は眼鏡をかけ直し、文机の向こうへ身を乗り出した。

――うさぎだ！

――さ、この姿で物語に。

紅い目の白うさぎは、鼻面《はなづら》をちょこちょこと動かして声を出した。ククリ姫の声だ。

幼い直史が出会った、あの白うさぎだ。

——いえいえ、白いうさぎというだけでは、あやかしとは言いがたい。さあて、どう描きましょう。

鏡花は再び自分の座布団に腰をすえた。寝転がっている狐面の子どもたちが、「どう描きましょう」と声を揃える。

——しかしねえ、ククリ姫。

寂しそうな表情で、鏡花は文字を書き進めている。

——何を憂う。

——あなたたちと違って、人の命は短い。百年後には私はこの世から消えている。

——分かっておる。寂しいことを言うな。

白うさぎの姿で、ククリ姫は鏡花の元に走り寄った。膝によじのぼられて、鏡花がくすぐったそうに笑う。

——私はあなたたちの物語をたくさん書いて、後の世に残そう。百年後には、私の跡継ぎが頑張ってくれるでしょうからね。

白うさぎは、鏡花の膝でクスンと鼻を鳴らした。

──おおむね百年ごとに語り手を選ぶのがしきたり。されど、次はどういう人間を選ぶべきか。

──おや、お悩みですか。

からかうように鏡花は言った。

──悩む？　毎回、悩んではいる。あやかしにとって、物語となって人々に語られることが命の糧《かて》。良い語り手を選ばねば。

──良い語り手ねえ。

──昨今、文字をつづれる人間は増えてきた。さすれば却《かえ》って、候補が多すぎて迷ってしまう。そこが悩みどころ。

──ではお悩みを軽くしよう。私が次の代をどんな人物にするか決めてもさしつかえありませんか？

──言うてみよ。

──うさぎが好きで、私と同じ金沢の生まれ。加えて、読書好き。そんな人はいかがでしょう？

──うらも、語り手に適しておると思う。

──良かった。その人が新たな語り手に選ばれた時、私の喪が明ける。

筆を置いて、鏡花はそっと白うさぎをなでた。

——だから、私が死んでも寂しがらないでください。

——承知した。

白うさぎが目を細める。鏡花は静かに文章を書き進める。どこからか這《は》ってきた青い蛇が鎌首を持ち上げ、白うさぎに向かって低頭した。

——うらが鏡花のもとに通う間、白山を守っておくれだね。

——ククリ姫のお心のままに。

青い蛇が低い声で言った瞬間《しゅんかん》、直史は目の前が真っ暗になり何も聞こえなくなった。

おかしな夢だ、引っ越しで疲れているんだ、と思う。

ククリ姫と名乗るうさぎと、赤い着物の少女が同一の存在で、泉鏡花と交流していたという夢。

百年変わらない少女もうさぎも、どちらも存在するわけがない。

＊

——そうだそうだ。変わらないうさぎがいたら、それはうさぎじゃない。

頷いているうちに、テーブルらしきものが頬に当たっているのに気づいた。うっとうしいな、と思って顔を上げると、実家から運んできた木製の古い椅子《いす》がきしんだ。テーブルの向こう側でまどかが突っ伏して眠っている。棚に置かれた時計を見ると、三十分ほど寝ていたようだ。

「起きろ、まどか」

肩口をつついてみる。うう、とうめいてまどかは目を開けた。

「変なところで寝ると、おれみたいに変な夢を見るぞ」

「ううーん……わたしも、変な夢見たよ……。うさぎと、狐のお面の子どもと、鏡花って呼ばれてる男の人が和室で喋《しゃべ》ってる夢……」

「え？　まさか」

まだ夢の続きを見ているのかと、直史は自分の上腕《じょうわん》二頭筋《にとうきん》をつねってみた。疑いようもなく痛い。

「変だよね、話がすごく細かくて、内容しっかり覚えてるんだ」

「そこが問題じゃ、ないと思う」

「どういうこと？」

「まどか、落ち着いて聞いてくれ。実はおれも、同じ夢を見たんだ」

「もー、怖い話やめてよー」

「作り話じゃないって。夢の中で鏡花は、水晶のうさぎを持ってなかったか？　ククリ姫って女の子が、うさぎに変身しなかったか？」

「嘘！　何で知ってるのっ」

「そうだったんだな」

直史が念を押すと、まどかは激しく頷いた。

「双子だからって、ありえないよな。同じ内容の夢なんて」

「お、おみくじも一緒だったよね……。何なの、今日は……？」

「驚かせてしもうたか」

まどかではない少女の声がして、キッチンの電灯が消えた。

「あれは岡崎神社の御使いたちに計らってもろうて、両方めでたい大吉にしたのだ。同じうさぎの姿をしているよしみで」

「誰だ！」

大きな声で叫ぶ。家の戸締りはしたはずだ。

「夢を見せた者。白山のククリ姫」

キッチンの出口付近が明るくなる。ゆらめく四つの提灯《ちょうちん》の真ん中に、赤い振袖の少女が立っていた。

夢の中で、鏡花と話していた少女だ。白山で、紅葉の中に座っていた少女だ。

少女が歩むと、帯のあたりまで届く長い黒髪が揺れた。唇の両端がきゅっと上がって、あの時と変わらない笑みが浮かぶ。

「白山で、昔、会った……？」

直史の問いかけに、少女はいっそう笑みを深くして応えた。

「覚えていたね。直史」

提灯を持っているのは、狐の仮面をかぶった子どもたちだ。四人とも「覚えていたね」「覚えていたね」と口々にささやいている。

「夢を見せたって、言ったか？　今」

「そう、先代の語り手である泉鏡花の意思を伝えるため。あの夢は、百年と少し前の本当の出来事」

直史は言葉を失った。

百年という年数は、自分の生きる世界とはほど遠い。

「何で、まどかにも同じ夢を見せた？　巻き込む気か」

「妹を困らせるつもりはない。双子ゆえ、同じ夢を見たのであろう。しかし、ちと予定外ではある」

「お兄ちゃん、この子誰？　何でさっきの夢と同じ女の子が？　どうしてお兄ちゃんの名前を知ってるの？」

「白山にいたうさぎだ。夢の中で、今みたいな女の子の姿からうさぎに化けただろ」

「いやいや、何言ってるの、お兄ちゃん」

まどかは苦笑を浮かべた。

「一緒に暮らしてて夢にも出てくるなんて、ややこしいなあ。どうせ夢を見るならこう、地球の裏側とか宇宙の果てとか、日常から離れた舞台がいいんだけど？」

まどかにどう話せばよいものかと、直史は頭を抱えたくなった。

「混乱するのも分かるけど、これ、現実らしいんだよ。ここは下宿のダイニングキッチンだし、あの女の子は白山にいたのと同一人物、らしい」

「嘘っ。信じないからね」

「……ごめん。うちの妹、ちょっと受け入れられないみたい」

直史に謝られ、ククリ姫は悲しげに視線を伏せる。

「困らせてしもうたな」

呟いたククリ姫の姿が、突然消えた。狐面の子どもが、しゃがみ込んで床に手を伸ばす。

「これで信じてもらえるだろうか。今朝と同じ姿なら」

少女の声を発したのは、子どもに抱かれている小さなうさぎだった。目は赤く、尻尾は綿菓子のようにふわふわしている。

「今朝の、うさちゃん？」

まどかが茫然《ぼうぜん》と、子うさぎの姿を見つめている。

「うん。今朝は助けてくれたな。礼を言う」

子うさぎとなったククリ姫は、丸っこい頭をぺこりと下げた。

「直史も十八になって故郷を出たので、これは将来の生業《なりわい》を決めたのだと思い、鳥の姿で追いかけていた」

「生業じゃなくて、進学が決まったんだけどな。鳥なんか追ってきてたっけ？」

「ひばりよりも空高く飛んでおったのでな」

「そりゃ気づかないな」

「お主たちが辰巳大明神の前で止まったゆえ、うらは鳥居に降りて、うさぎの姿に変化したのだ。この姿を見れば直史が思い出すかと思うて」

「で、降りられなくなったわけか。子うさざだから」

ちょっと間が抜けている、という感想を口には出さず腹に呑《の》み込む。

「手間をかけて、面目《めんぼく》なかった。あの場でホシガラスに変化すれば済む話ではあったが、いきなりそこまで見せては怖がらせてしまうと思うて、できなんだ」

「ホシガラスって何だ？」

「ホシガラスを知らぬか？　白山に住む鳥だ。カラスより小さく、黒い羽根に星々のような白い斑点がある」

「白い斑点……」

消えたうさぎを探していた時、屋根に鳥が止まっていたのを思い出した。黒い羽毛に白い斑点のある、鳩よりやや大きな鳥。

「もしかして、屋根の上でおれたちのこと見てた？」

「うむ。黙っていて面目ない」

ククリ姫は恥じ入るように前足で顔を覆い隠した。

「大人になった直史にどう話せば受け入れてもらえるか、これでも迷うたのだ」

「う、うん」

神様に気を遣わせてしまった。何やら責任を感じる流れであった。

「鏡花と同じ金沢の生まれで、うさぎと物語を好む者。鏡花の跡継ぎをわれらは探していた」

　ククリ姫の話を、直史も理解していた。

あやかしの命を長らえさせるため、あやかしたちの物語を書けと言っているのだ。あの夢に出てきた文豪・泉鏡花と同じように。

「本は好きだし、鏡花の本も読んだけど、書くわけじゃない」

　あの夢に出てきた文豪の跡継ぎと言われても困る。

「待ってよ、お兄ちゃんは大学には入ったけど、まだ将来の仕事決めてないって言ってるから。待ってあげて」

　まどかがおろおろと首を振る。

「すまぬが、これでも十年以上待ったのだ。覚えているだろうか、直史は」

「白山で、十八歳まで待つと言ってたことだよな。将来が決まる頃まで、って」

「もちろん。まさか、京へ移るとは思っていなかったが」

　白うさぎは耳を動かし、子どもの腕から跳ね上がった。赤い袖が舞い、見る間にその姿は着物姿の少女に変わっている。

「あやかしたちを、物語に書いておくれ。ただで、とは言わない」

「た、魂は売らないからね！」

まどかが直史の腕を強く引いた。渡すまいとするかのように。

「お兄ちゃんの魂が冥府魔道《めいふまどう》に落ちたら、金沢のお父さんお母さんに顔向けできないんだからっ。許しませんっ」

「まどか。魂を要求するのは普通、西洋の悪魔だよ」

妹の手をそっと外してやる。言っている内容は突飛だが、かばってくれていることは充分わかる。

「まどかや」

落ち着いた声でククリ姫が言った。

「今朝、店で言っていたな。大原の里に美味《びみ》なるものがありそうだと」

「はっ、はい。何で知ってるの？」

「うらの仲間はどこにでもいる。伝え聞いて、用意してきた」

ククリ姫が「用意は良いか」と後ろを見た。水色の着物を着た大人の女性が、盆を差し出している。

「上《かみ》の豆《まめ》の葛菓子《くずがし》でございます」

盆に載っているのは、二つのガラスの器だった。杏仁豆腐《あんにんどうふ》に似た白い葛菓子に、みずみずしい緑色の丸い豆が散らしてある。直史はいつの間にかごくりと喉《のど》を鳴らしていた。

——あれは絶対おいしい。

勘がそう告げていた。隣でまどかも、とろんとした視線を菓子に投げかけている。

「上の豆。聞いたことがあるか？」

「いや、ない」

直史もまどかも、揃って首を振る。

「京に来たばかりなら、しかたない。京では北を『上』、交差路から北へ向かうことを『上ル』という。……上の豆は、京都御所《きょうとごしょ》よりも北で採れたえんどう豆のこと。薄皮はどこまでも薄く、中の実は甘く香る。これは大原で採れた上の豆。大原で育った牛の乳を葛でゆるく固め、上の豆を散らした」

にこにこと笑みながら、ククリ姫は説明した。

「人の世で言う、手付けの品。まずはお食べ。断るのはその後でも良い」

「断ってもいいってことだな」

テーブルに着いたこの時、すでに直史は食欲に負けていたのかもしれない。まどかも、自分の席に戻っていく。

添えられた木匙《きさじ》で、葛菓子をすくう。口の中にすべり込んだ、冷たい葛が溶ける。

こくのあるミルクの味だ。舌と上顎《うわあご》で丸い豆をつぶすと、質の良い抹茶《まっちゃ》のような香りと甘みがはじけた。

「ははっ」

意外さと快さに、笑いがこぼれた。

「……これ、ほんとに豆？　和菓子だろ。実は抹茶入りの白餡《しろあん》だったりして」

笑いながら正面を見る。

まどかは直史を見ていなかった。木匙を握ったまま、ぼうっとした顔でククリ姫に見とれている。

「わたし、お菓子も、絵を描くのも好きなんです……」

この場に関係のない告白に、直史はきょとんとする。

「おいおい。急にどうしたんだ」

直史を無視して、まどかは続ける。

「文章は難しそうだから、お兄ちゃんに任せて……わたし、あなたたちの絵を描きます。きょうだいで、絵物語を描きます！」

「ああ、嬉しい。語り手に、絵師まで現れた」

ククリ姫が微笑み、狐面の子どもたちが提灯をゆらゆら揺らす。「嬉しい、嬉しい」

とささやきが広がった。

「ちょっと待て。おれが文章を書くの確定？　まどか、あっさり食べ物につられるんじゃあない」

慌てて直史は言ったが、まどかは優雅に葛菓子を口に運んでいる。

「お兄ちゃんだって、食べてるじゃん。じっくり味わってたの、見たもんね」

「うっ、うまいもんはうまいんだからしょうがないだろ」

「早く食べないとぬるくなっちゃうよ。せっかく冷やして出してくれたのに」

「お、おう」

そうだ、文句は食べ終わってからでもいい。二口目をすくって、はたと気づく。

「ガラスが氷みたいに冷たい。冷蔵庫ではこうならないよな？」

直史の疑問に、ククリ姫と水色の着物の女性が笑い出した。

「さすが器屋《うつわや》の息子《むすこ》。……名乗っておやり」

「はい」

水色の着物の女性が楚々《そそ》とした仕草でおじぎをする。

たおやかな撫で肩の両側に、黒い翼が広がった。カラスの濡《ぬ》れ羽色《ばいろ》という表現がふさわしい、つややかな鳥の翼だ。

「クロハと申します。京の北方、鞍馬山《くらまやま》に住まっておりまするカラス天狗《てんぐ》の一人」

――妖怪だ。妖怪が神様と仲良くしてる。

カラス天狗といえば、鳥の翼を持ち、人間の言葉を喋る妖怪だ。伝説によれば源《みなもとの》義経《よしつね》が幼い頃、鞍馬山でカラス天狗から剣術を教わったという。

「クロハが葛菓子を運んでくれた。器ごと白山の残雪に埋めてあったゆえ、冷たいままであろう」

誇らしげにククリ姫が言う。ひんやりした葛菓子を味わいながら、直史もまどかもうんうんと頷いた。

――つかまれた。胃袋という名の弱みを……。

直史は予感した。

おそらく、自分はククリ姫の要求を呑《の》むだろう。ククリ姫もクロハも得体《えたい》が知れないが、命を狙《ねら》っているならば直史もまどかもとうに殺されているはずだ。

「このクロハも昔、鏡花に書いてもらった」

「カラス天狗が？　鏡花の小説に出てきたっけ？」

とは言ったものの、直史は鏡花作品をすべて読んではいない。著作群は膨大で、高価な全集を買うか、図書館に行かなければ読めない作品も多い。

「いえいえ……。わたくしをそのまま書いてくだすったわけではございません。鏡花さんならではの、一級の工夫をしてくださいました」

水色の袖で口元を隠し、クロハは恥じらうように笑う。

「『化鳥《けちょう》』というお話をご存知でしょうか？」

「ああ、読んだことある。五色《ごしき》の翼を持つ女の人が、溺《おぼ》れた子を助ける……」

「ええ、そうですとも」

強い調子でクロハが頷く。黒い翼が提灯の光を反射して、さまざまな色彩を振りまいた。白、赤、黄、緑、青。確かに、五色の翼だ。

「水彩で描きたい……」

まどかがうっとりと呟いた。きれいという意味では、直史も同感だった。

「ククリ姫。もしもだけど、断ったらどうなるんだ？」

「栄養が足りないあやかしは、飢えた獣のようなもの。つまり」

「つまり？」

「死んだり大暴れしたり、だな」

それはまずい。

「別の人間を語り手に選んでも、そやつが断れば元の木阿弥《もくあみ》。この京都が、荒れ狂うあやかしたちで埋め尽くされるかもしれない」

「脅しか」

「わざと暴れさせるつもりはない。実際に、そうなる可能性があるのだ」

「そりゃ、腹が減ればちょっとカリカリするけど」

「お兄ちゃん、今朝は早くおにぎり屋に行きたいって地団太《じだんだ》踏んでたよね」

「そうだろう、気が荒れるだろう」

ククリ姫が辛《つら》そうに言った。

「頼む、直史。あやかしが消えぬよう、うらは助けたい。だが白山の女神《めがみ》ククリ姫の役目はあくまで人と異界の間を取り持つこと。うら自身があやかし語りをするわけにはいかない」

「お兄ちゃん。すごく困ってるみたいだ……」

まどかが同情の視線をククリ姫に向けている。

見捨てるのか、と問われているかのようだ。

「でも、文章を書くなんて難しいこと安請け合いできないよ」

逡巡《しゅんじゅん》する直史の腕を、まどかがつっついた。

「お兄ちゃん、お店の公式サイトに文章書いてたじゃんか。大学生活に慣れるまでお休み、って家族会議で決まったけど」

「あれは簡単な食器の説明だよ」

「簡単だなどと」

　驚いたように言ったのはクロハだ。

「れっきとした商いに使われている文章ですもの、簡単などと言ってしまってはいけません。どのような文章ですか？」

と、まどかの方を向いて尋ねる。

「和食に使われる和食器を使って、おいしく食べよう……っていう、本なら一頁《ページ》分くらいのコラム。お父さんお母さんが書くと専門的になりすぎちゃうから、あえてお兄ちゃんが起用されたの」

「文学部に行きたければそれくらいこなしなさい、って丸め込まれたんだけどな」

「面白かったよ？　桜餅《さくらもち》がおいしそうに見えるお皿の選び方とか、無地でざらっとした質感の丸皿には、こんがりきつね色なベルギーワッフルの格子《こうし》模様が映えるとか」

「うらも、食べてみたくなる」

　ククリ姫がおねだりするような視線をクロハに向ける。

「四月が終わる前に一度いただきましょうねえ、桜餅。なんでしたら、明日の朝嵐《あらし》山《やま》の茶屋へお出かけいたしましょうか？」

クロハが言うと、狐わらべがきゃあきゃあと歓声を上げた。

「お兄ちゃん、桜餅には光沢《こうたく》を抑えた白磁《はくじ》の皿が合う……って書いてたよね」

「まどか、お菓子のことはものすごく正確に覚えてるんだな」

「当然だよ、もしカフェを経営することになったら実家と提携する気だもん。親子だから二割引くらいで食器を売ってもらうつもり」

「どこまでしっかり者なんだ」

「仕事は洋菓子とその周辺、趣味はお絵描き。もう決めてる」

えへん、と言わんばかりにまどかは胸を張った。

「思いつきでイラストを描くっていったんじゃないよ。中学からもう六年描いてるし、金沢の動物園でマスコットキャラクターを公募してた時には一枚だけ応募して、佳作《かさく》に選ばれたんだ」

クロハが「手練《てだ》れですわね」と拍手した。ククリ姫がそれに倣《なら》い、狐わらべも「手練れ手練れ」とささやきながら拍手する。

「まどか、いつの間にそんな戦果を」

「賞品が郵便で届いたの、知らなかった？　図書カード千円分」

「素晴らしいこと」

クロハが優雅に微笑んでいる。

「兄も妹も、それぞれ才に恵まれて。ククリ姫、良い子たちをお選びになりました」

　ククリ姫は肩をすくめて大きな目を細め、口角《こうかく》をきゅっと上げた。恥ずかしそうなその笑顔を、直史は不覚にも可愛いと思った。

「お兄ちゃんどうしよう、最初怖かったのに楽しくなってきた」

　まどかは目を輝かせている。

「絵を描くの、相当好きなんだな。知らなかった」

「好きだよ。お兄ちゃんは？　お店のサイト手伝ってて、楽しくなかった？」

「楽しかったよ。金沢おでんにはカニが入ってて観光客が驚くとか、金沢風カツカレーをうちで作って分厚い和食器に盛ろうとか」

「じゃあ、楽しんじゃえ。それで、おいしいものを食べよう！」

　楽しんじゃえ。

　おいしいものを食べよう。

　何という直球。しかしそれは爽快《そうかい》な軌跡をえがいて、直史の心の奥に叩《たた》き込まれた。

「分かった。やる」

「直史、よくぞ言うてくれた！」

ククリ姫が祈るように両手を組み合わせて喜んだ。

「ただしゲテモノじゃなくて、人間が食べられるものを毎回持ってきてくれよ？」

「うふふ。さては、あやかしが妙なものばかり食うと思っているな？」

ククリ姫はおかしそうに笑っている。

「だって、昔話で妖怪が食べてるじゃないか。人の死肉とか、ねずみの天ぷらとか」

「お兄ちゃん、おいしいお菓子食べてる時にそういうこと言わないで」

まどかに叱《しか》られて、直史は黙った。

「二人とも、ようくお聞き。あやかしにとって、口から入る美味なる食物は、あくまで楽しみのために欲するもの、心を作るもの。本に書かれ怪異を語られることで、あやかしの体は作られる」

ククリ姫は重々しい口調で話を続ける。

「山の奥には清いせせらぎ、海は深く豊か。海山の恵みには美味なる食物がたんとあるのに、わざわざ好んで人の肉など食わぬわ。……めったに、な」

最後の不穏な一言に、直史は「いやいや、ちょっと待て」と首を振ってしまう。

「食べるなら、お兄ちゃんの方が脂肪が少なくておいしいよ」

「おれはヒレ肉か」

クロハは二人が葛菓子を食べ終えているのを見て取り、器を盆に戻しはじめた。

「『化鳥』をお書きになった頃、鏡花さんは金沢にいらしたのですけれど。わたくし、ククリ姫に呼ばれて、いそいそと金沢に飛んでいったのです」

「今度も、うらは日本中のあやかしに声をかけた。百年前と同じように」

懐かしそうにククリ姫が言った。

「日本中だって……？」

「お兄ちゃん。全国の美味《おい》しい食べ物がうちに来ちゃうよ。食べきれないかも」

「そうじゃなくって。全国って、多すぎないか？　よく考えたら」

「語り手は忙しいぞ」

ククリ姫の言葉に、狐わらべが「忙しいぞ」と唱和する。

「百年前、鏡花が生きている間に書いてもらえなんだあやかしもいる。何しろ、人の寿命は短い」

「栄養不足でやばいんじゃないか、その連中は」

直史はすでに、そちらの世界に踏み込んでしまったのを自覚した。

人々によって語られるという不可欠な栄養に飢えた、まだ見ぬあやかしに心を傾けているのだから。

「この家に海山の恵みを届けよう。まずは手始めに、うらを物語に書いておくれ」

無邪気《むじゃき》きわまりない笑顔で、ククリ姫は取引の始まりを告げたのだった。

第一話・了

第二話

うさぎで始まる妖怪日記

朝食当番のまどかが降りてくるのをダイニングキッチンで待ちながら、直史は窓の外で揺れる満開の桜を眺めていた。

この古い一軒家には、豪勢なことに桜や金柑《きんかん》の生えた小さな庭までついているのだった。

腹は減っているが、ソファに座っているだけで花見ができるのは嬉しい。

十畳ほどの細長いダイニングキッチンには四人掛けのテーブルと椅子があるが、窓際にはソファとローテーブルも置かれている。

やや贅沢《ぜいたく》なこの配置を決めたのは両親だ。予算の関係上兄妹一緒の下宿なのがかわいそうだから、せめて家具をきちんと揃える、という意向であった。

直史としては一人暮らしに憧《あこが》れがなくもないが、家賃も光熱費も家財道具も二軒分となると、両親の負担は大変な額になってしまう。古い一軒家を借りる方が妥当だろう。

こうして静かに桜を眺めていると、昨夜のククリ姫たちの訪問に自分の中でどう折り合いをつけるべきか、迷いがふつふつと湧いてくる。

幼い頃の不思議な体験を、自分は成長する過程で忘れていった。身近で地に足の着いた日常に取り紛れてしまったからだ。

しかし今や、逆に不思議な存在が日常に入り込んできている。

おまけに、自分はこの状況をいぶかりながらも楽しんでいる節《ふし》がある。

語り手の務めが長引くならば、就職に響かないように算段しなければ、と考えてもいる。

これは日常からの逸脱《いつだつ》というよりも、日常自体の変質なのだろう……と思っていると、朝食を求めて胃がグウと鳴った。

階段を下りてくるまどかの足音が聞こえ、やがて水音が立ち始めた。洗面所で顔を洗い始めたようだ。

「まどかさん、朝ご飯まだですかー」

早く食べたいあまりに、妹をさん付けで呼んでしまう。

「待ってて、まだ無理っ」

グウウ、とまた胃が窮状を訴える。

空腹が強まるとなんだか悲しくなってくる。

「まどかさん、胃がもう駄目と言ってます。本体のおれももう駄目」

「本体って何、本体って」

「腹が減ってると自己認識と世界認識が適当になるんだ」

自分で言いつつ、これもまた適当な返しだな、と思う。

「今、髪が爆発してるから十分だけ待って」

水音が止まり、ヘアドライヤーらしき音が響いてきた。また湿気で髪が広がってるんだな、と妹の苦労を思う。直史も同じような猫っ毛だが、短いのでヘアワックスで簡単に整えれば済む。

「分かった。いいよ、ゆっくりで」

ちょうどノートパソコンで、明後日《あさって》から通う大学の公式サイトを見ていたところだ。サークル一覧を見ると人力車《じんりきしゃ》同好会や能楽《のうがく》研究会などいかにも京都らしいところもあれば、自動車部やヨット部もあって驚く。自動車部は京都府南部のレース場で、ヨット部は琵琶湖《びわこ》で練習するらしい。

かと思えば、仲間内《うち》で本を作って年に何度か東京のイベントに出品する、文芸サークルもある。大学生の行動範囲は広い。

「おはよう、お兄ちゃん……」

まどかがキッチンに入ってきた。パジャマから明るい色の部屋着に着替えて髪をカラフルなピンで留めているが、声がまだ寝ぼけている。

ちょっと猫背になってるな、と直史は気づいた。元気がない時のまどかのくせだ。

「おはよう。眠いなら冷蔵庫に水出し緑茶が」

「ありがと。あのさ……昨夜、うちに来たよね？」

誰が、とは言わない。直史も何のことかは分かっている。

「来たよ。うさぎに化ける白山の女神様」

まどかは目を剝《む》いて、首をプルプルと振った。

「どうしよう、可愛くて毛並みふわふわだから、思いきりなで倒しちゃった、神様を」

神罰を恐れているらしいが、なでたのは直史も同様だ。

「それと、おつきのカラス天狗も来た、よな」

「きれいだったよねえ」

「提灯を持った狐わらべも」

「可愛いけど夜道で会ったら泣いちゃうね」

「まず最初にククリ姫の話を書いてみろ、って言って、全員揃ってどこかへ帰っていった……よな？」

「うん。どこかのお店へ、桜餅を食べにいくって言ってた……よね」

二人揃って、ダイニングキッチンのテーブルに視線を向けた。ここで、上の豆の葛菓子を確かに食べたのだ。今頃あの一行《いっこう》は、嵐山で桜餅を食べている頃だろうか。

「京都って、やっぱり魔界だったんだ」

「白山もな」

「やっぱり現実だった、よね？」

「うん、現実だ。あの不思議なうさぎは本当にいたんだ、本当に自分はうさぎとしゃべったんだ、と確認できて嬉しいような怖いような」

直史は複雑な気分だった。

「でも、報酬のうまいものには惹《ひ》かれるな。まどか、行き詰まったら何かアイディアくれ」

「ごめん、お兄ちゃん。あてにしてくれても、アイディアが出ない」

「えっ？」

「いまいち心の余裕がないから」

「何で？」

「金沢に帰りたい」

面倒《めんどう》くさい話になりそうな気配を感じ取り、直史はごく穏当な口調で「そうか」と返した。

「わたし、スズキが食べたい。夢に見るほど」

　やはり厄介な話になりそうなので、直史はわざと分からないふりをした。

「鈴木《すずき》さんって、どこの？」

「そうじゃなくて、魚。スズキと鰆《さわら》と甘えびと、鯛《たい》が食べたい！」

「最後にさりげなく高級魚を追加しなかったか」

「金沢のぷりぷりのお魚が食べたい。獲《と》れたてぴっちぴちで『冷凍保存ってなあに？

それおいしい？』そんなお刺身《さしみ》がっ」

　話しているうちに興奮してきたようで、まどかは宙に両手を差し伸べている。

「故郷というより、故郷の食べ物が恋しいわけだな」

「うん。ホームシックじゃない。そこは自分でも分かる」

「ホームシックじゃなくて、ソウルフードシックか」

「ソウルフード！　それだよソウルフード」

　まどかは舞台役者のように両手を広げて、窓辺へ歩いていく。

　窓の向こうに観客がいるかのように、高らかに訴える。

「脂の乗った鰆は塩焼きで。鯛はお刺身と、とろろ芋《いも》のかかった蒸し物で。たけのこご飯には可愛い緑の木の芽を載せて、加賀野菜で七色のサラダ……」

「諦《あきら》めろ。そんな食生活を送ってたらすぐに仕送りが尽きる」

まどかはパタリと両腕を下ろし、うらめしそうな顔で振り向いた。

「金沢に帰れば安く売ってるもん」

「安くないねえ。往復の交通費、言ってみ？」

「分かってるよ、分かってる。駄々くらいこねたっていいじゃないかー」

「そんな舞台女優みたいに堂々とした駄々があるか。夏に帰省するだろ、三ヶ月ちょっとなんだから我慢しろ」

「長いなあ……。三ヶ月って言ったら桜餅の季節から柏餅《かしわもち》をすっ飛ばして、水ようかんの季節だよ？」

「お菓子が月日の尺度なのか」

「食べないと損した気になるよねえ、季節の和菓子って」

多少は気が済んだのか、まどかはおとなしくなった。冷蔵庫を開け、冷えた円筒形の容器を取りだした。中身は、昨夜直史が準備しておいた水出しの緑茶だ。

「お兄ちゃんも要る？」

「要る。あと、朝ご飯は卵で何か作って」

「昨日《きのう》はお兄ちゃんがかきたま汁を作ったから、何か違う味の物がいいよね……」

「オムレツがいいと思います妹様。ぜひぜひ」

「良かろうとも！」

まどかは大きなフライパンをガス台に据えた。冷蔵庫から卵とベーコン、人参《にんじん》を取り出している。

——人参とベーコンのオムレツだな。

よしよし、とうなずく。ベーコンとすりおろした人参を炒《いた》め、卵をたっぷり流して作るオムレツはありふれた料理だが気に入っている。

直史はエディタソフトを開いた。入力し始めたのは文章ではなく、頭に浮かぶ単語のつらなりだ。

妖怪、あやかし、物語、鏡花、人間、語られること、栄養、食べ物。

一見無意味なこの行為は、ひらめきを得るためだ。何をどう書けば良いか分からない状態、とも言う。

——あやかしを物語に、ってどうしたらいいんだ？

アイディア出しの手伝いをする余裕がないとまどかに言われ、正直なところ直史は困っていた。

——あやかしの体を作るのが本、つまり語られること。だったら、ある程度の量が必要だよな？

鏡花の描いた物語は、すでに百年以上も市場に出回っている。百年後の今、それぞれのあやかしをモデルに新たな物語を書くだけでなく、広めて多くの人々に語られるようにしなければ、彼らの栄養にならないはずだ。

――みんなに語られることであやかしの栄養になる……っていうのは、心理学者のユングが提唱した、集合的無意識の話かもしれない。

まどかにまた「難しい話」と言われそうなので、直史は黙って思索を進める。

――すべての人類の無意識、簡単に言えば心の底は、つながってるらしい。信じられないし、心理学というより哲学のような気がするけど。

ユングの著作は高校時代に図書室で斜め読みしただけだが、おおまかな要点だけは覚えている。

――つながっているみんなの無意識の集まりを、集合的無意識と呼ぶ。

直史は心の中に、もくもくとしたひつじ雲を思い描いてみた。

ひつじ雲から細い糸が無数に伸びて、人間ひとりひとりにつながっている。

自分なりの、集合的無意識のイメージだ。

――みんながあやかしについて語って、心の底にあやかしの姿や振る舞いが印象づけられる。その頻度が高ければ高いほど、集合的無意識におけるあやかしの存在は膨らんで、あやかしの栄養になる……とか？

自分の立てた仮説に、首をひねる。

集合的無意識という概念自体もそうだが、正しいのかどうか検証のしようがない。

――とにかく、数が大事なんだ。だって、もし数が重要でないなら、語り手なんか選ぶ必要はない。あやかしの話が載っている全集みたいなものをワンセットだけ作って、どこかの家の蔵書にしておけば済むはずじゃないか。

ノートパソコンで、府立図書館《ふりつとしょかん》の蔵書検索を開く。

泉鏡花、と入力してみると、二百五十件以上もの検索結果が出てきた。

泉鏡花本人の全集はもちろん、評論も数が多い。それだけ文豪・泉鏡花が世に知られている証拠だ。

――挫折《ざせつ》しそうだ。いや、しないけど。

ひどいプレッシャーだ。ここまでやらねば語り手の仕事は務まらないのだろうか。

――小説を読んだことはあっても、書け、と言われると……難しそうだ。しかも、広めろだって？　ククリ姫、選んだのがおれで良かったのか？

人参の甘み、ベーコンの塩辛さの溶け合った香りが漂ってきて、体の力みがふっと抜けた。具を炒めている時のこの香りも、おいしさの一部だ。

「うおお、うまそう……」

まどかがぎょっとした顔でソファを振り返る。

「吼《ほ》えたっ？」

「料理の匂《にお》いで元気が出た」

「元気なかったの？」

「難しいんだよ。店のコラムを書くのと、物語を創作するのって、別じゃないか？　同じ文章でもさ」

まどかはフライパンの中身を炒めながら、「そうかなあ」と呟いている。

「なあ、動物園のマスコットキャラクター、佳作だったたんだよな？　どんな絵を、どうやって考えたんだ？」

「可愛い熊《くま》に双眼鏡《そうがんきょう》を持たせてみたよ。熊のぬいぐるみやキャラクターが好きだし、動物園で双眼鏡使ったことあるから」

「ああ、あったなそんなこと」

幼い頃両親に連れられて行った動物園で、双眼鏡を取り合いながらライオンや虎《とら》を見ていた覚えがある。

「なるほど。自分の好きなものと、経験を組み合わせたのかー……」

まどかの創作の手法は分かったが、自分がどうすればいいのか皆目《かいもく》分からない。

「お兄ちゃん、食パン焼いてくれる？」

フライパンに溶き卵を流し込みながらまどかが言い、直史は「うん」と立ち上がる。

「冷蔵庫にプチトマトとパセリがあるから、洗って」

「分かった」

和食器店を経営する両親は商談でたびたび帰宅が遅くなったので、実家にいた頃からまどかと二人で料理をするのは慣れている。一方がガス台に立って調理し、一方がこまごました手伝いをするのが基本だ。

トースターにパンを入れ、プチトマトとパセリを洗う。プチトマトは縦半分に切って、一つだけつまみ食いする。みずみずしい断面が舌に触れると気持ちがいい。

食卓にナイフやフォークを並べているうちに、まどかが「できた」と呟くのが聞こえた。待っていたかのように、トースターが鳴って焼き上がりを知らせる。

「お待たせ。大きいから半分ずつね」

「ああ、ありがとう……って、何だこれ」

かぐわしい湯気とともに運ばれてきたオムレツは、魚の形をしていた。おまけにケチャップで目とうろこ模様が描かれている。おろした人参を混ぜているため、オムレツ全体が紅葉《もみじ》のような暖かい色合いを見せていた。

直史はその色合いと形から、金目鯛《きんめだい》を連想した。煮つけと塩焼きがうまい。

「魚形のオムレツ？」

「お皿に乗せた直後に、ラップフィルムをかぶせて魚そっくりに成形したよ」

「上手《じょうず》だなあ。……しかし、そんなに魚が食べたいのか」

「うん。舌と胃袋だけ金沢に飛んでいきそうなくらい」

「グロい。お前は飛頭蛮《ひとうばん》か」

「ヒトーバン？」

「外国の妖怪だ。昼間は普通の人間、夜は首だけすっぽ抜けて空中浮遊……と見せかけて、消化器官もぶら下げて飛んでいく奴《やつ》。食道とか胃とか」

「いいね、それ。頭にお金の入ったザルを載せて、いろんなお店に飛んでくの」

「気絶するよ店の人が」

二人同時にいただきますの挨拶《あいさつ》をして、まどかはオムレツ金目鯛の背びれにフォークを突き刺した。半熟状の卵がわずかにこぼれ出る。

「わたしたち京都に来てから、生の魚を食べてないよね。エビとイカと貝も」

「そうだな。どこで何を買えば、おいしく安く済ませられるか……」

「辛いのはそこだよお兄ちゃん」

「ん？」

「京都で何を食べればいいのか分からないのが辛い。祇園のおにぎり屋さんは良かったけど、あのお店ばっかり行くわけにもいかないよね？」

直史はバターを薄く塗ったトーストにオムレツを載せた。サクサクふわふわとした食感を味わいながら、続きを聞くことにする。

「金沢では、どこに行けばおいしい食べ物があるか分かったよね」

「ああ。魚は、おみちょで」

おみちょとは地元民のつけた愛称で、正式名称は近江町市場《おうみちょういちば》という。金沢市街にある大きな生鮮市場だ。魚だけでなく新鮮な加賀野菜も売っている。

「そうだよね。海鮮丼《かいせんどん》のお店だって、どこにあるか分かってた」

「いや、京都にだって海鮮丼の店は、あるだろ？」

「探したよ、探した。ネットでも探したし、買い物のついでに店頭の看板でメニューと写真もチェックした」

「すごいな」

「おかげで引っ越しの荷物がなかなか片づかなかったよ」

「そこは片づけろよ。行きたい店、なかったのか？」

「それ以前の問題だよ。京都の海鮮丼はお刺身の隙間《すきま》からご飯が見えるし、丼《どんぶり》からお刺身がはみ出してない」

「ちょっと待て。それは京都の人に失礼だ」

おおげさな身振りで直史は手を前に突き出し、首を振った。

お前の言っていることはおかしい、とまどかに分からせるために。

「まどか。普通、海鮮丼の具は器に収まってる。ちょっとご飯が見えるのも普通」

「えー……」

力なく、まどかはうなだれた。

「京都の海鮮丼、金箔《きんぱく》だって載ってない……」

この場に京都の人間がいなくて良かった、と直史は思う。

「金箔は金沢の名物だから。普通は載ってないから」

「ないんだ。知らなかった」

「金沢の海鮮丼が派手なだけだぞ」

「は、初めて気づいた」

「衝撃だったか」

「それはそうと、京都の百貨店とスーパー」

「どうした暗い顔して」

「加賀野菜もすだれ麩《ふ》も売ってないよ。治部煮が作れない」

治部煮は金沢の郷土料理だ。

鴨肉《かもにく》か鶏肉に片栗粉《かたくりこ》をまぶし、野菜などと一緒に甘辛く煮る。その時加えるのが、すだれ麩だ。

「そっか、京都にないかー……。すだれ麩」

つい一緒になって落胆してしまう。肉の味が濃厚な、とろみのある出汁にくるまれたすだれ麩の舌触りは確かに恋しい。

「しょうがない、帰省した時に分けてもらおう」

少し元気になった声でまどかは「うん」と応え、トーストのカリカリした角の部分にマーマレードを追加した。

直史も真似してみる。一口だけ即席タルトを食べたようでにんまりしてしまう。

まどかもにんまりして「いけるでしょ？」と言った。

「この一週間くらいね、時々錦市場《にしきいちば》に行って食材見てたんだけど、悩んじゃった」

「行ってたのか、錦市場」

別名「京の台所」と呼ばれる市場だ。錦小路《にしきこうじ》という小道の両側に食品店が並んでいる、と聞いたことがある。

「白味噌《しろみそ》とか、山椒の実とか、生麩《なまふ》とか京野菜とか……。京都で売ってるもの、どうやったらおいしく食べられるのか分からない」

「買って、試しに何か作ってみれば？」

「失敗したら、実家からの仕送りが無駄になっちゃう」

「ああ、なるほど」

まどかも闇雲《やみくも》にわがままを言っているわけではない。抑えた予算で京都のおいしいものを食べたいが、情報と経験が不足している、と言いたいのだ。

「じゃあ、こうしよう。平日で観光客が少ない時に、百貨店や錦市場に行って、食材の使い方を聞く」

「あ、聞いていいんだ？　そういうの」

「忙しい時は迷惑だろうけど。父さんと母さんも『謙虚に質問できるお客様なら、一《いち》見《げん》さんでも丁寧に器のことを教える』って言ってるだろ？」

「そうだよね」

まどかの表情が明るくなり、直史は安心した。

「金沢の市場の人たちだって、お客としゃべりながら売ってるじゃないか。祇園のおにぎり屋も、親切そうだったろ」

「うんっ」

「光明《こうみょう》が見えたところで、もっと創作のヒントをくれ」

「え、他にもー？　さっきお兄ちゃんが言った、好きなものと経験以外に、思いつかないよ」

「そこを何とか」

「無理無理」

あやかしたちの話を書く前に、まずはククリ姫を物語にしてみる。

それが、直史たちに最初に与えられた課題であった。

朝食を終えて直史が食器を洗い始めると、まどかはソファでスケッチブックを開いた。後片づけは一方が食器を洗って水切りかごに入れ、後でもう一方が拭《ふ》くことになっているからだ。

「ククリ姫を書くってことはお兄ちゃん、とにもかくにもうさぎを書けばいいんだよ」

「うさぎが人に化けて人を食う、とか？」

「ククリ姫のイメージと違う気がする」

そう言われると、同意するほかない。

「一足先に、うさぎを描く練習してるね」

鉛筆やカラーマーカーでしばらく何やら描いていたまどかは、突然「あ」と声を上げた。

「お兄ちゃん、鏡花さんをお手本にしてみたら？　だって、先代の語り手なんでしょ？」

「お手本ねー……。明治生まれの人だから、うーん」

「何かあるの？　明治の人だと」

まどかが合点《がてん》のいかない様子なので、直史は高校の授業で覚えた『草迷宮』の一節をそらんじることにした。

壁も襖《ふすま》も、もみじした、座敷はさながら手毬《てまり》の錦――落ちた木《こ》の葉《は》も、ぱらぱらと、行燈《あんどう》を繞《めぐ》って操る紅《くれない》。

中を縢《かが》って雪の散るのは、幾つとも知れぬ女の手と手。

まどかを見ると、スケッチブックを抱えて硬直していた。

「モンスターを召喚《しようかん》する呪文《じゆもん》？」

「ゲームの呪文じゃない。これが、泉鏡花『草迷宮』のワンシーン。原文そのまま」

「響きはかっこいいけど、何言ってるのか難しくて分からないよ」

「座敷に紅葉が降って、女のあやかしたちが毬をつくシーン。現代の小説と全然、言葉の持っていき方が違うだろ？」

「ああ、だから……。参考にするのが難しいんだ」

「分かってくれたか」

「じゃあさ、子ども向けの鏡花さんのシリーズ。あれはどう？　持ってたよね？」

「実家から持ってきたよ。『子どもの鏡花シリーズ』な」

直史は食器を洗い終えると、ダイニングキッチンの隣にある六畳間からすっかり古びた『草迷宮』を持ってきた。

まどかの隣に座って、音読する。


秋谷《あきや》屋敷は真っ暗です。夜風で雲が動いて、月の光が差しました。烏瓜《からすうり》のツタが勝手口から屋根の上まで、びっしり絡んでいるのが分かります。

お坊さんは門をくぐって、草むらを踏んで屋敷に近づいていきます。

するとお白くて丸い顔のようなものが、ころころ転がっていくではありませんか。

ああ、生首だ、と思いましたが、よく見るとそれは丸まったうさぎでした。

うさぎはころころ転がって、庭を横切っていきました。


「やだ、怖い」

「で、主人公の青年が庭に入ったら、今度は白い子犬がころころっと転がってくる」

「やっぱり可愛い動物好きなんじゃないの、鏡花さん」

「たぶんな。それより問題だが」

「うん」

「あやかしは、みんなに語られることが栄養だって聞いたろ？」

「聞いた、聞いた」

「栄養というからには、たっぷり必要だよな？」

「栄養不足はよくないね」

「だけど、鏡花みたいに出版するのは難しい。おれたち、ただの学生だから」

その時、庭に面した大きなガラス窓からコンコンと音がした。見れば、赤い振袖姿のククリ姫がノックしている。

「うん、やっぱり現実だ」

声に出して呟いてみる。自分は小学一年生から大学生になったのに、ククリ姫が変わらないのは少々釈然としない。

「おはよう」

釈然としない気持ちは置いておいて、直史はククリ姫に挨拶した。ガラスの向こうで、ククリ姫が笑顔になる。

「おはよう、ククリ姫」

まどかが、まだどこか恐る恐るといった様子で窓を開けた。

「おはよう」

ククリ姫は草履《ぞうり》を脱いで、にこやかに上がってきた。

「今、気づいたんだけど」

「どうした直史」

「人間社会に溶け込むなら、こういう時は玄関から入ってくる方がいい」

ククリ姫は両手を頬に当てて、悲しそうな顔をした。

「済まなんだ。今日は神力《しんりき》を使って侵入などせず、普通に尋ねようと思うたのに」

「そういや昨夜、戸締りしてあったのに入ってきたよな？」

他にもいろいろと状況が異常すぎて、すっかり忘れていた。

「うらたちの話を信じてくれたゆえ、もう勝手に入ったりはせぬよ」

「ぜひそうしてくれ」

「ああっ、さっきクロハとタクシーに乗った時は、普通の人間らしくしようと気を張っておったのに。油断してしもうた」

「いや、おれも今の今まで気がつかなかったから。玄関の方がいいなんて」

二人の間に少々気まずい空気が流れる。

まどかが「そうだ」と声を上げる。

「ククリ姫。クッキー焼くけど、食べる？　この間の葛菓子のお礼も兼ねて」

「嬉しい。しかしあれは手付けの品なのだから、気にせずとも」

「いいの、いいの。お兄ちゃんに息抜きのおやつもあげたいからね」

まどかは冷蔵庫からいちごをいくつか取りだして洗い、包丁《ほうちょう》で刻み始めた。

「お、生のいちごでクッキー？」

「うん、いちごとココナツオイルのオートミールクッキー。あ、お兄ちゃん。オーブンの予熱、お願い」

「そのお菓子、初めて聞いたぞ」

直史は立ち上がってオーブンのボタンを押した。

「金沢を離れる前、友だちのうちで山盛りのいちごを出してくれたんだ。食べきれなくて、どうしよう、って思いついたのがこれ」

そうか満腹になってしまったのか……といったん思った直史だが、

「ん？　ちょっと待て」

と眉根《まゆね》を寄せた。

「残ったいちごにオートミールだの何だの足したら、増えるだろ。量が」

「別の食べ物になれば別腹《べつばら》」

「分からんでもない」

「それに火が通った分だけ、ちょっとは日持ちするでしょ？」

まどかは棚からココナツオイルの瓶を出した。

「とってもいい匂いがするからね」

と予告して、刻んだいちごを皿に移してラップをかけ、電子レンジにかける。

すぐに瓶の蓋《ふた》を開け、白く固まったココナツオイルをスプーンで削り出す。

「いちごは、色が変わるほど長時間レンジにかけると匂いが変わっちゃうんだよ。飴《あめ》に入ってるような、いちご香料っぽい匂いになる」

「へえっ」

感心していると、早くも甘い香りが広がり始めた。

「お兄ちゃん、いちご出して」

「おう」

いちごはまだ真《ま》っ赤《か》だ。ラップを外すと、濃厚な香りがあたたかな空気とともに立ち上ってくる。

「はいっ、ココナツオイル投入」

まどかがスプーンで落としたひとかたまりのココナツオイルは、いちごに触れて透き通り、とろけ始めた。

「ココナツオイルを入れると――甘い、こくのある香りになりますっ」

まどかの解説通りだったので、直史とククリ姫はうんうんとうなずいた。

「ここで、一気にクッキーっぽくなりまーす」

まどかはボウルに入ったオートミールと小麦粉に、シロップ状になったいちごを流し込んだ。

そのまま、へらでざくざくと混ぜていく。

なぜか懐かしい香りだと直史は感じた。思い出せないが、幸せな記憶につながっている気がする。

「うらは、心地よい」

　ククリ姫が、うさぎだった時のようにスンスンと鼻を鳴らしている。

「クロハと狐わらべたちに少しあげたい。良いだろうか？」

「じゃあ、瓶に詰めてあげる」

「ありがたい。他の果物《くだもの》でもできるのか？」

「ココナツオイル抜きで、バナナとオートミールだけでも作れるらしいよ。あと、ドライフルーツやナッツを混ぜたり」

　天板にクッキングシートが敷かれ、生地が一個分ずつ並べられる。取引関係のはずが、まどかとククリ姫の会話は友人同士のようだ。

「まどか、バナナもあるぞ？」

　食器棚の上に三本バナナが置いてあるのを直史は思い出した。

「早く食べないと真っ黒になる」

「んー」

　まどかはどういうわけか、気乗りしない様子だ。

「いいの。今は、いちごとココナツオイルを使う」

にっこり笑うまどかの意図が、直史には分からない。

「時に、直史」

本来の目的を思い出したようで、ククリ姫が直史を振り返った。

「うらを物語に書くという、最初の課題は順調か？」

ついに聞かれてしまった、と直史は頭を掻《か》いた。

「それがさぁ。おれたちと鏡花との決定的な違いが……」

わけを話すと、ククリ姫は「そうであった」と眉をひそめた。

「出来上がった物語を、いかにして大勢の人間に見せるか……。ううむ」

「鏡花よりも前の語り手はどうしてたんだ？」

「物書きばかりであった。昔は読み物自体が少なく、娯楽も少なかったゆえ、広めるのは難しゅうなかったのだ。皆で集まって物語を音読することも、ようあった。物語とは読むものというより、声に出して語るものであった」

「現代と全然違うなあ」

「しかし何十年か前までは、仲間同士で作る文芸雑誌のような物が盛んだったとクロハから聞いたことがある。今は、ないのか？」

「うちの大学の文芸サークルで、そういうのやってるらしいよ。同人誌だろ？」

直史の言葉に、なぜかまどかがピクリと肩を揺らした。

「どうしたんだ」

「何でもない。鏡花さんの書いた話は、本屋さんや新聞社が広めてくれたんだよね。わたしたちはどうしたらいいんだろ？」

「うらは、ブログが良いと思う」

ククリ姫の口から思わぬ単語が飛び出して、直史もまどかも「ブログッ？」と素《す》っ頓狂《とんきょう》な声を出してしまった。

「ついさっきまで、クロハや狐わらべと一緒に茶屋で桜餅を食べていたのだが。他の客が、ブログの更新をしていた」

「ククリ姫、パソコンに詳しいの？」

まどかの質問に、ククリ姫は苦笑した。

「実は、これもクロハに解説してもろうた。ブログとは世界中の者に見せられる日記で、旅先でも書き込めるのだ、と」

「さすがクロハさん。お嬢様に俗世間を教える女執事みたい」

そんな職業あるのか、まどか――と直史は尋ねたくなったが、ひとまず聞き流した。

ククリ姫がローテーブルの上に目をやった。

「この機械、白山でも見たことがある。神社の社務所に置いてあったもの」

「ノートパソコンだな」

「そう、それ」

　こくりとククリ姫はうなずいた。

「社務所を覗きに来る女神様というのも、やんちゃが過ぎるな」

「そう言う直史は、若者にしては時々話し方が老けている。昔は年相応に子どもらしかったのに」

　まどかが「くふっ」と噴き出す。

「とにかくだな」

　直史は妹の忍び笑いをさえぎった。

「パソコンとネット回線を使えば、遠くにいる人間に向けて、文章や絵、写真や音を届けられる。ククリ姫、これで日記を書いてみろ、ってことだな？」

「うらは、今の世の中ではそれが良いと思う。この機械で何か書けば、人々の返事が返ってくるのだろう？」

「そうだよ。みんなに見える形で、お互いにやりとりできるの」

「まあ、わざわざおれたちの作った話を選んでくれれば、だけどな」

「うむ。この機械を持っているあやかしが、周りの人間たちに宣伝すればいい。頼んでおこう」

「パソコン持ってる奴、いるのか」

「あやかしは深い山にもひそみ、人里にもひそむ。にぎり飯の店で精を出して働いている山姥《やまうば》なんぞ、たいした器量だ。誰も怪しまぬ」

「へえ、どこの店？」

「祇園だ」

「祇園……？」

もしかして、と思う。祇園におにぎり屋など、そう多くはないはずだ。

「山姥本人は、歯の尖りようを気にしておるようだが。何、人間の歯並びは少しずつ違って当たり前ゆえ、気にせず笑顔でおれば良い、と諭したことがある」

直史はひんやりと背中が冷たくなるのを感じた。祇園のあの店にいた店員は、牙のように尖った犬歯を持っていなかったか。

じろじろと見ないようにしたのは、やはり正解だったのか。

「おれたちが祇園で、ククリ姫に出会った後さ……」

「うむ」

「八坂神社から南へちょっと行ったおにぎり屋に、三十歳くらいの女の人が……」

「人ではない、山姥だ。握り飯が好きじゃと言うて紛れ込んでおる。あれも食い道楽でな」

「道理《どうり》で、まどかが大原に興味を持った件がククリ姫たちに伝わってるはずだ……」

「他にもおるぞ。あやかしは、人にも物にも擬態《ぎたい》する。市井《しせい》の人間の振りをしていることもあれば、姿を隠すこともある」

話を聞いているうちに怖くなってきた。何気なく歩いている街角にも、あやかしの類《たぐい》が何食わぬ顔で紛れ込んでいるかもしれない。

「と、とにかく。おれがククリ姫の話を書く。それにまどかが絵をつけて、一緒にアップする」

「アップするとは……？」

ククリ姫が首を傾《かし》げる。おばあちゃんに教えてるみたいだな、と直史は思う。

「このパソコンを通して、みんなが見られるようにするってことな」

「そうか。よろしく頼む」

「ブログっていっても、色々な会社がやってるんだが」

検索してみると「京都ぎょうさんブログ」というサイトが見つかった。

ぎょうさんとは、たくさんという意味のようだ。「京都の祭り」「京都の酒場」「京都のお寺」「京都の神社」など、好きなカテゴリのブログを登録できるらしい。

「ここにしよう。カテゴリは『京都の不思議』で」

「わ、そんなピンポイントなカテゴリあるんだ」

「安倍晴明《あべのせいめい》とか宇治《うじ》の橋姫《はしひめ》伝説とか、不思議な伝承が好きな人が多いみたいだ」

「京都は多そうだよね」

「まだ話が思い浮かばないから、発表するための枠だけしっかりさせよう。ペンネームはどうする？」

まどかが即座に手を挙げた。

「コンビ名っぽく、『スズキ』と『鰆』」

「おいしい魚から離れろ」

「お兄ちゃんが『山野《やまの》おだし』で、わたしが『山野おかし』」

「昔のお笑い系の人みたいだから不可」

「じゃ共同ペンネームで『山野ふたご』とか？　覚えやすいから」

「無難だ。採用」

まずは下書きとして、テキストファイルに「山野ふたご」と入力してみる。確かに覚えやすそうだ。

「続き物の小説って形にしよう。カテゴリが『京都の不思議』だから、フィクションに見えると思う」

後ろからあたたかい空気が流れてくるのを、直史は感じた。

いちごのことしか考えられなくなりそうな、濃密な香りが鼻をくすぐる。クッキーの焼ける匂いだ。

「これはいい……」

うっとりと呟く声に振り返ると、ククリ姫の体がかすかに傾くところだった。

危ない、と直史が口走った時、赤い振袖姿は白いうさぎに変わっていた。床にぽてりと着地して、Yの字形の鼻先を、感極まったようにうごめかす。

「どうしたんだよ」

「いい香りで気が抜けた」

床にへたり込んでいるククリ姫を、まどかが抱き上げてクッションに載せた。

「無理しないで、寝てて。人になったりうさぎになったり、大変でしょ」

菓子の香りで神の変化術を解いたおそるべき妹の顔を、直史はあらためて凝視してしまった。どう見ても、どこにでもいる少女なのだが。

「紅茶はストレートが合うかなあ」

まどかは兄の驚愕《きょうがく》の視線にも気づかず、紅茶のティーバッグを箱から出し始めた。

ククリ姫は、クッションの上でくたりと寝転がっている。実際、変化して人里に来るのは大変なのかもしれない。

「ククリ姫。どう書いてほしいとか、希望はあるか？」

「可愛く書いてくれ」

前足をちょっとだけ上げてククリ姫は要求し、すぐにまた長々と寝そべった。

「鏡花には『怖く書いて』って言ってたじゃないか。夢の中でさ」

「甘い、甘い」

ククリ姫は口元をちまちまと動かした。笑っているようだ。

「怖いお話を書く方が難しい。直史が素人《しろうと》だから、これでも配慮している」

「怖い話の方が難しいのか」

「鏡花も、人を怖がらせるお話を書くようになったのは、物書きになってしばらく経った後」

「そうだったんだ。鏡花にも修業時代が」

「あった」

ふふ、とククリ姫は笑いを漏らした。

「うさぎが可愛いのは当たり前ゆえ、怖く書くより楽であろう」

「自分で可愛いって言うな、自分で」

「自分ではない。うさぎは仮の姿」

面倒くさそうに答えると、ククリ姫は背中を向けて寝転がり、丸いふわふわの尾を振った。

「人の姿でそういう格好《かっこ》するなよ。あられもない感じになるから」

「お兄ちゃん、普通の大学一回生は『あられもない』なんて言葉使わないと思う」

「普通じゃないから知らないよ」

普通の大学生が入学式を控えて、白うさぎに化ける女神の話など書くわけがない。

いちごの甘い香りが濃くなってきて、直史はある情景を思い出した。

母親が麺棒《めんぼう》を転がして、クッキー生地を伸ばしている。まどかが、いちごジャムをクッキー生地の上に厚く塗りつけている。

ジャムを塗り終えると、細長く切ったクッキー生地を上から格子状に載せていく。

焼き上がった天板いっぱいのクッキーを、ナイフで四角く切り分ける……。

――覚えてるぞ。高校二年の時。初めて店のサイトに、おれの文章を載せたんだ。

あの時は、いちごジャムを使ったクッキーを九谷焼《くたにやき》の華やかな皿に盛った。

両親から「文学部に行きたいなら他の人にも見せられる水準の文章で、このクッキーと皿を紹介してみなさい」と今思えばハードな課題を出されたのだった。

――でも実際に書いてみたら、上手だと言われたっけな。皿も売れたはず。

九谷焼は金沢の伝統的な磁器で、色あざやかで繊細な絵付けが特徴的だ。果実の赤やクッキー生地の黄色は、九谷焼の黄色や緑によく合う。個性の強いもの同士が反発しあうとは限らない――というような紹介文を書いた覚えがある。

――店に来たお客さんで、父さんか母さんが書いたんだと思いこんでた人が何人かいたって聞いた。

成功した体験を思い出すのは、いい気分だ。そのきっかけが菓子の甘い香りだと思い至り、直史は「あっ」と声を上げた。

「まどか」

「何でしょうお兄さま」

分かっているような顔で、まどかが応える。

「もしかしてさ」

「香りは記憶を呼び起こしやすい、有名な小説ではマドレーヌの匂いで昔の記憶が甦《よみがえ》るんだって、いつかお兄ちゃんが言ってたから」

「おお、それだ」

いつか何かのついでに話した、プルースト効果と呼ばれる現象だ。マルセル・プルーストの『失われた時を求めて』では、主人公がマドレーヌの香りで幼い日の記憶を取り戻す。

「初めて店のサイトを手伝ったらうまくいった時のことを、思い出した。生地にココナツオイルを混ぜて、いちごジャムを載せたクッキー……」

「ふふん、狙い通り」

「形と作り方は違うけど、香りがそっくりだ。あの時のクッキーと」

「わたしの記憶召喚呪文はお菓子の香りでできているのよ、ほほほ」

「ゲームに出てくる魔女か？」

「聖女の方がいいなあ。こう、白魔術を操る系の」

「どっちでもいいけど、ありがとうな」

キーを打ち始める。

最初は、見たままを語ってみよう。

いや、違う。

見たままであるはずの世界を、語り直すのだ。

クッキーと九谷焼の組み合わせがなぜ良いのか、自分なりに語ったように。

座布団の上で寝そべる白い子うさぎを、可愛いと思う。七歳の頃に引き戻されそうな錯覚も、少しだけある。

「ククリ姫」

小声で呼びかけると、ククリ姫は一方の耳を上げて応えた。

「どうした」

「可愛く書くよ。ありのまま、見た通りに」

ククリ姫が丸まった。まるで餅のように。

「ククリ姫？」

「可愛く書けとは言うたが、ありのままが可愛いなどと言われるとは、うらは思っておらなんだ」

「照れてる？」

ククリ姫は丸い餅と化したまま、返事をしなかった。

＊

うさぎとの契約について

ぼくと双子の妹は、不思議なうさぎに出会ったことがある。

小学生の頃、加賀の白山へ紅葉狩りに行った時だ。

滝のそばで休憩していたら、白い毛並みに真っ赤な目の子うさぎがいた。紅葉の中ですごく目立っていた。そこに、黒い大きなカラスが現れたんだ。

ぼくも妹も「うさぎさんが食べられちゃう！」と思ったんだけど、おかしいのはそこからだった。

カラスとうさぎは向かい合って頷いたんだ。まるで何かを示し合わせたみたいに。

次は、うんと時間が飛ぶ。

昨日のことだ。ぼくと妹はこの春進学で京都に来たんだけれど、朝の祇園で桜を撮っていたら、神社の鳥居に乗っかってる白いうさぎを見つけた。

ここで京都の人たちに一つ質問したい。

京都のうさぎは三味線に合わせて踊るんだろうか？

白くて真っ赤な目の子うさぎは、流れてくる三味線の音に合わせて跳ねていた。長い耳をぴん、ぴん、と動かしながら、楽しそうに踊っていた。

降りてきたうさぎは少しだけ撫でさせてくれたけど、すぐに祇園の路地の奥へ跳ねていってしまった。

正直心配だったけれど、飼い主の所に帰ったのかもしれない、とその時は思った。

まだまだ不思議は続く。

その日の昼、妹は岡崎神社という神社に行った。白うさぎがお使いをしていて、狛犬の代わりに狛うさぎが拝殿《はいでん》を守っているらしい。

いただいてきたおみくじも、白うさぎの置物に入っていた。そのおみくじが、ぼくの分も妹の分も「大吉」。しかも「家移り良し。面白き客来るべし」だって。引っ越しはOK、面白い客が来るに違いない、ってことだ。

学校で友だちができて、下宿に遊びに来るという意味かと思ってたんだけれど、最初のお客は信じがたいことにあの白うさぎだった。

白うさぎは「自分は白山の女神、ククリ姫である。仲間のあやかしたちを絵物語にしろ」と言い出した。

お礼は、おいしい海の幸、山の幸。

なぜなら、あやかしにとっての栄養は、物語になってみんなの話題になること。人間によって語られることだから。

今、ぼくの後ろのオーブンで妹がクッキーを焼いている。いちごとココナツオイルのオートミールクッキー、だそうだ。頭の中がいちごで一杯になりそうな甘い香りがキッチンに広がってる。

妹はこの春から調理師学校に通う。手先が器用で、絵も上手に描けるから挿絵を担当してくれることになった。

あやかしが全然怖くないと言ったら嘘になるけど、食費が節約できそうで実は安心している。

ククリ姫の仲間たちの話は、また今度。クッキーが焼ける頃だから。

＊

後ろでまどかが笑っている。

「ぼく、だって。お兄ちゃん、いつもと違う人みたい」

「知らないよ。気がついたらこうなってたんだよ」

なぜこうなった、としばし考える。

「そうだ。うさぎだ。うさぎが可愛いから、それに合わせて語り口がこうなったんだ」

向こうを向いて寝ている白うさぎの耳が、ぴぴん、と楽しげに跳ねた。

当然、聞こえているに違いない。

「ククリ姫。これでアップしていいか、見てくれよ」

「うん」

クッションから降りて、ぴょん、と小刻みに跳ねてくる。

「膝に乗って良いか」

「おう」

これが少女の姿だったら、とは考えないことにする。

「うむ。上々だと思う」

「お兄ちゃん、わたしよりずっと本を読むもんねえ」

網から皿へとクッキーを移して、まどかが言う。

「ククリ姫もお兄ちゃんも、紅茶でいい？」

すでに薬缶《やかん》の湯が沸いている。ククリ姫が「もらおう」と鼻面をうごめかせた。

「じゃあ、お茶を飲みながらククリ姫の絵を描いてあげる」

まどかは二人分の紅茶をティーカップに注《つ》ぐと、ククリ姫の分は味見用のおちょこに注いで、小さな前足にそっと持たせた。

「大丈夫？　飲みやすいかな？」

「うむ。ありがたい」

「絵は三つ描くね。カラスに挨拶されているところ、それと、クッションでぺったり寝転がってるところ。うちのお兄ちゃんに抱っこされているところ」

スケッチブックに愛らしいうさぎが描かれていく。やはり驚くほど上手《うま》かった。

「まどか、お菓子作りだけじゃなくて絵もうまいな」

「え……っ。絵心のある人って、ケーキのデコレーションが上手だったりするよ。料理の盛りつけも」

「それもそうか？」

言われてみれば、似たような素質が要りそうだ。

「スキャナを通せば、こういうアナログ絵もアップできるからね」

「何やら難しいが、手続きが要るのだな」

直史の膝の上で、ククリ姫はこくこくと紅茶を飲んでいる。子ども用の椅子を買ってきたら失礼かな、とひそかに思った。

山野ふたごのブログ『ふたごの京都妖怪日記』がアップされたのは、それから二時間後だった。やや手間取ったのは、プロフィール画面にどの程度自分たち兄妹のことを書くか迷ったからだ。

結局「進学のため金沢から京都にきた双子」とだけ書くことにした。特にフィクションとは書かない。カテゴリが『京都の不思議』なのだから、注意書きは要らないだろう。

新着リストにブログの名前が載ると、まもなく読者コメントがついた。『京都の不思議』は人気のあるカテゴリらしい。

岡崎神社、縁結びの神様ですよね。お守りも可愛くて大好き。

妹さんのお菓子を所望《しょもう》する。

走っていく人間ぽいうさぎと言えば『不思議の国のアリス』。この後妹さんが穴に落ちて冒険の旅に出る展開希望。


「見ている人、いっぱいいるんだねえ」

まどかが目を丸くしている。それ以上に驚いているのは、ククリ姫だった。

「返事が出てきた」

白い両耳がぷるぷると震えている。コメントに喜んでいるようだ。

「ククリ姫。ネット上に出ていったお話をいろんな人が読んで、感想くれたんだよ。こうやって、機械を通して広めた字と絵が皆に伝わるの」

まどかが易しく説明した。

「これなら、あやかしたちにたっぷり栄養が回る」

白い鼻面がぴくぴくと動く。

「ところで、うらは神社の鳥居で踊っていたことになっておるな」

「創作したのは、ほとんどこの部分だけなんだけど、でも」

直史が言いよどむと、ククリ姫は促すように前足で膝をつついてきた。

「このうさぎが踊ったら、もっと可愛いだろうなと思って」

ククリ姫は目にも止まらぬ勢いで丸まった。餅のようになって、黙っている。

「恥ずかしいんだね、ククリ姫」

まどかがそう言って白い毛並みをつついた時、新たなコメントがついた。

イラスト、可愛いですね！　もしかして一語《いちご》ミカンさん、ですか……？　私の大好きな作家さんに絵柄がそっくりなのでもしかしたら、と思って。

「誰だよ、イチゴミカンさんって。どんだけ果物が好きなんだこのペンネーム」

直史が笑うと、まどかが明後日の方角を向いた。

また新たなコメントがつく。

直史はつい、そのコメントを読み上げてしまった。

二年前に金沢のイベントで、一語ミカンさんが漫画を描いた同人誌買いました！　めっちゃ、面白かったー。学園物のほのぼの四コマ漫画で、楽しかった！　同じ人なら嬉しいですっ。

「……まーどーか？」

「そんな目でアタシを見ないでっ」

「そんな目も何も、天井《てんじょう》向いてるじゃないか」

「見てるもん。お兄ちゃん、軽蔑《けいべつ》の視線でわたしを見てるもん」

「そ、ん、な、こ……駄目だ、笑いでスムーズに喋れない」

「やり直し」

「そんなことはないぞ、こっちを向くんだイチゴミカンさん……ぶはっ」

こちらを向いたまどかが鬼瓦《おにがわら》の鬼のような表情になっていたので、直史は怖いを通り越して噴き出してしまった。

「恥ずかしい……こんな形で家族に同人活動がばれるなんて」

まどかが顔を覆っているのを見て、ククリ姫は心配そうに足元に寄り添った。

「うらは、何かまずいことに引き込んでしまったのか」

「ううん。ペンネームを変えれば大丈夫だと思ってたわたしが迂闊《うかつ》だった……」

心底恥ずかしそうな声で言い、まどかはククリ姫を抱き上げた。

「いや、おれはうっすら分かってたよ。まどかの言うことが漫画かアニメっぽいのはきっと相当好きだからだろうなと」

しかし高校時代に同人誌を作るほどのめり込んでいるとは知らなかった。道理で、小説の同人誌に言及した時反応していたわけだ。

「金、かかったんじゃないか？　相場知らないけど」

「お年玉で大丈夫だった。友だちと作ったし、ページ数も少なめだったから」

まどかはククリ姫を抱いて、ソファでダンゴムシのようにうずくまってしまった。

個人の趣味で本を作るのがそこまで恥ずかしいとは、直史には思えないのだが。

「穴があったら入りたい。むしろ今すぐここで掘りたい」

「借家だからやめて」

「お父さんとお母さんには内緒だからねっ」

「分かった分かった」

次に書くとしたらあのカラス天狗のクロハだろうか。あるいは、狐わらべだろうか。

そう思った時、窓ガラスがノックされた。

見れば、水色の着物をまとったクロハが籠を手に立っている。

黒髪を後ろできっちりとまとめ、余計な飾りはつけていない。普段着風の、こなれた佇《たたず》まいであった。

「クロハ、クロハ。早う」

ククリ姫は白い前足で、直史のパソコンを指し示している。クロハは直史に目を向け、「玄関から伺いますね」と微笑んだ。窓から入ろうとしないあたり、そこそこ人間社会に順応しているようだ。

「まあ、果実の良い香り！」

と声を上げて、クロハは玄関から入ってくる。

「加賀の子たちは魚が恋しかろうと思いまして。されど、わたくしは本来、京の者。ゆえに京の魚料理を持ってまいりました」

クロハが籠から取り出したのは、竹の皮の包みだった。二本あって、どちらも羊羹《ようかん》よりもやや太い。

「魚に春と書いて、鰆と申しますね。こちらは、京の酢でこしらえた鰆の棒寿司《ぼうずし》と真鯛の棒寿司」

食卓に置かれた包みをクロハがほどくと、木の芽の香りがかすかに広がった。

「酢で締めた真鯛と鰆をそれぞれ酢飯に載せて、真鯛には木の芽を少し貼《は》りつけて、透き通った白板昆布で覆います。鰆の方は味が濃いですから、木の芽を多めに載せて爽《さわ》やかに」

「これ、どうしたの？　まだクロハさんのお話は書けてないのに」

まどかの言葉に、クロハは「まあ、ほほほ」と笑い出した。

「その件でお持ちしたのではありませんよ。これは鞍馬の里でこしらえている、春の寿司のおすそわけ」

「春の寿司？」

「活きの良い海の魚を食べるには、京は不自由ですもの。春は真鯛や鰆、秋は脂の乗ったサバを酢で締めて棒寿司にいたします」

「そうなんだ……」

「ククリ姫のお話はできたようですから、こちらをご褒美《ほうび》といたしましょう」

「ありがとう……！」

まどかは両手を組み合わせて、祈るような格好で目を輝かせている。ちょうど、鰆と鯛が食べたいと訴えていたところだから無理もない。

「二つもいただいちゃって、いいのかな」

直史が言うと、ククリ姫もクロハも「もちろん」と強く頷いた。

「何でしたら、ちりめん山椒の作り方もお教えしましょうか？」

「ちりめん山椒って、家で作れるのか？」

祇園のおにぎり屋で買った、ちりめん山椒のおにぎりを思い出す。

家であれを作るならちりめん山椒の瓶詰を買わねば、と思っていたところだ。

「作れますとも。もともとは、一般家庭のふだんのおかず……おばんざいですよ。お茶漬けにするとおいしゅうございますね。余った鰹節《かつおぶし》や椎茸《しいたけ》を混ぜても良いですし」

「案外、カジュアルだな」

「お土産《みやげ》になったのは最近のこと」

「ありがとう。店で買わなきゃいけないと思ってた」

「礼には及びませんわ。家移りの挨拶も兼ねていますので」

と、クロハがククリ姫を見る。

「家移り？」

と、直史はまどかと顔を見合わせる。

「うむ。うらは当分、お主たち語り手の監督者《かんとくしや》として、この家に住まわせてもらう。大家が認めてくれればだが」

「あっ、ちょっと待ってくれ。契約書読んでみる」

直史は隣の六畳間に走り、賃貸契約書を出してきた。思えば両親に任せているばかりで、自分で読んだことはなかった。

「……動物は、小型の室内犬、猫、飼育種の兎《うさぎ》、ハムスターなど小型のげっし類に限り、飼育を認める。なお、大家への連絡を要する。飼育による家屋の汚損はすべて負担すること」

読み上げながら、やった、と思う。

「あら、家主様に連絡さえすれば問題ございませんわね」

クロハがほうっと息をつく。

「でもおれたち、学校で留守《るす》が多いぞ。寂しくないか？」

「問題ない。うらも、たびたび他出《たしゅつ》する。出入りするのがうっとうしければ、軒先に小屋でも作ってくれれば充分だ」

「いや、いくら何でも、小屋に住まわせるのは」

眉間にしわを寄せた直史に、クロハが微笑みかける。

「では、どうか部屋に住まわせてあげてくださいな。あやかしと人とをつなげ、くくる役目のククリ姫だもの。ここにいて、あやかしとあなた方とを見守らねば」

「そういうことだ」

白うさぎの格好のままククリ姫が頷く。クロハはまるで、ククリ姫の一番の従者を自任しているように直史には思えた。

「白山の神様なんだろ？　ククリ姫がいなくても大丈夫か」

「白山は、わが眷族《けんぞく》である蛇や龍《りゅう》が留守番して守る」

「されど、ククリ姫はあやかしではございません。神の中でも別格中の別格。人とあやかし、人と死者の世界をくくる。時には見回りに戻らねばなりませんよ」

諭すように言うクロハを、憧れのこもった瞳でまどかが見上げている。

「次に書くのはクロハさんでいい？」

クロハは首を傾げた。

「わたくしを書いてくださるですって？」

「ククリ姫の執事かメイド長みたいに一杯働いているから、早めに書いてあげたいと思って」

クロハは、ふふ、と袖を口元で隠して笑った。

「わたくしは後でよろしいのですよ。あなた方がお話づくりに慣れてきた頃、腕によりをかけて脅かしてさしあげますわ」

「て、手強《てごわ》いなあ」

直史はおののきながら、食器棚から長い角皿を出した。両親の経営する和食器ギャラリーでも扱っている九谷焼だ。余白に牡丹《ぼたん》の花が咲いていて少々派手だが、棒寿司には似つかわしいだろう。

「ちょうど昼ご飯の時間になったから、良かったよ」

冷蔵庫から出汁の入ったボトルを出して、吸い物の準備をする。具はわかめと茗《みよう》荷《が》が良さそうだ。

クロハがククリ姫を両手で抱き上げる。

「ククリ姫、京の寿司は人に戻った方がおいしゅういただけますわよ」

「うむ」

うさぎの両耳がピンと動いたかと思うと、クロハの隣に人の姿を取ったククリ姫が立っていた。

「もう人になって大丈夫なのか？」

直史が問うと、ククリ姫は恥じらうように目をそらし、こっくりとうなずいた。こっちの姿も書けば良かった、と直史は少しだけ後悔する。

「吸い物はわかめと茗荷でいいか？」

「ようございますねえ。魚の味が茗荷で涼やかになりましょう」

「座ってて、ククリ姫もクロハさんも」

まどかが茶の準備をしながら椅子を勧める。

「ありがたいな、クロハ」

「ええ、初仕事もするすると済んで。あら、このお宅は二人暮らしでは？」

四つの椅子と、直史たちの準備している四人分の食器を見てクロハが尋ねた。

「うちの両親、遊びに来るつもりらしいんだよ。商談のついでとかで」

直史は、過保護と言われないか心配しながら言った。

「まあ……ご両親のことは、脅かして遊んではいけませんかしら」

「商売一筋でお化けとか縁がない人たちだから、怖がらせるのはやめてあげてくれ」

実家から持ってきた椀《わん》に、四人分の吸い物を注ぐ。

春と夏にはこれがいいだろう、と分けてくれた薄手の塗椀だ。

テーブルでは、クロハが二本の棒寿司を切り分けているところだった。

棒状に握った酢飯に魚の身を載せて固め、大きめに切り分けた寿司は見るからにボリュームがある。

飴色に透き通る白板昆布の下で、鯛の身の薄桃色が息づいている。

鰆の棒寿司にふんわりとぜいたくに載った木の芽は、今も野にあるようかのように青々としている。

どちらの寿司も、シャリの白がまぶしい。

これから自分たちの食べるものが、春の柔らかな陽光でほのかに光っている。

「いただきます」

と挨拶をする時も、夢見心地だった。

両親から与えられた食べ物ではなく、自分たち兄妹が得た糧。

「陸地へようこそっ……」

隣でまどかが身悶《みもだ》えている。食べた真鯛の棒寿司を、全身で歓迎しているらしい。

「木の芽とシャリは陸のものだぞ、まどか」

「酢の存在も忘れないでくださいましね。京の街中に、良い酢を何百年と作っている店がありまして。そちらのを毎年使っておりますので」

「すごいな」

調味料への心配りも忘れないところが嬉しい。

直史は、鰆の寿司を箸《はし》でとらえた。

肌理《きめ》の細かい白身だ。皮の部分は木の芽に半ば隠れているが、白銀に灰色の斑点が散っているのが分かる。新鮮なまま酢で締められたに違いない。

「直史さん、ぐわっ、と一口か二口で召し上がってくださいまし。木の芽を落とさぬよう、一気に」

楚々としたクロハに言われると、行儀《ぎょうぎ》を気にせず大口を開けて良いのだ、と思う。

食らいつく。締まった魚の歯触りと、酢とかすかな脂、木の芽の爽やかな香りが口の中で渾然一体《こんぜんいったい》となった。

頬が膨らんでいるのも構わずに、咀嚼《そしゃく》する。

対面にいるククリ姫が、行儀の悪さに仰天《ぎょうてん》したような顔で直史を見つめている。

「んんん……」

鰆の寿司を食べたまどかが、また悶絶《もんぜつ》し始めた。

「遠くで金沢の味がする……」

「どこの異次元に通じたんだお前の舌は」

「噛《か》んでいると金沢で食べたお刺身の味が甦ってくるんだよ。同じ鰆だもんね」

「ええ、ええ」

クロハが相づちを打つ。

「京の者も、鰆を好んでおりますよ。人間たちが最近取った記録ですけれど、この国でもっとも鰆を水揚げするのが京都府だそうで」

直史の脳裏にぼんやりと日本地図が浮かぶ。

「そういや、京都府の北側って日本海に接しているよな。金沢と同じで」

「ええ。刺身は沿岸で食べますけれど、都《みやこ》では酢の効いた棒寿司、そして西京《さいきょう》味噌に漬けて焼いたのをいただきますもの」

「ああ、西京漬けね。店で見たことある。食べ方が違うだけで、こっちの人も鰆が好きなんだ、な……」

クロハから正面に視線を移して、直史は固まった。ククリ姫が真鯛の棒寿司にかぶりついたまま、動けなくなっている。箸で必死に支えているが、黒い瞳に困惑の色が浮かんでいる。

「ガッと行っていいから」

直史は拳《こぶし》を握って勇気づけた。

ククリ姫は意を決したように、一息に口に押し込んだ。白い頬がハムスターのように膨らむ。

無言で味わっているその顔を見守っていると、軽く睨《にら》まれてしまった。

「うらは、こういう魚も美味《うま》くて喜ばしい」

涼しい顔で茶を飲んだかと思うと、今度は吹っ切れたように大きな口を開けて鰆の棒寿司を食べ始めた。

「大きくてうまみもお米もギュッと詰まってるとこがいいよね」

まどかの感想に、ククリ姫が「うむ」と答えて三つ目を食べ始める。

「そうそう。もう次のあやかしが、このお宅に来ていますのよ。今、お庭に」

クロハが窓に目を向ける。

「へ?」

窓の外を見ようとした直史の鼻先を、桜の花びらがかすめて飛んだ。

「どこから……」

天井を見上げると、薄紅色の雲がうごめいていた。

そう思ったのもつかの間、花吹雪が視界を埋めるほどの勢いで降りかかってきた。

「お兄ちゃん、何これ何これっ! 桜?」

「桜? 木もないのに」

手で振り払っても、後から後から花びらが降ってくる。

降る花びらの向こうにククリ姫とクロハがいる。

豪華な悪夢のような眺めだ、と思った時、花吹雪が消えた。

「あっ、お寿司は無事……」

まどかがほっとしている。室内を見渡すと、花びらは一枚たりとも残っていない。

「消えた? 花びらの感触はあったのに、何で?」

直史はわけも分からず、テーブルの下を覗き込んだ。やはり一枚も残っていない。

「花送《はなおくり》……」

ククリ姫が呟いた。

それが、今のいたずらをしでかしたあやかしの名前らしい。

「派手な奴よな」

ククリ姫の感想に、クロハがため息をつく。

「どうも、素直に姿を現したくないようですわ。まずはいたずらしてから、と」

「すまぬが、遊び好きが多くてな。勘弁して、見つけだしてやってくれ」

ククリ姫は満足そうな顔で、鰆の寿司を口に運んだ。

第二話・了

第三話

花を送る、人を送る

高校の卒業式が終わったというのにまだ肌寒《はだざむ》く、金沢城《かなざわじよう》の桜のつぼみも固かった三月の半ば。

家族四人の食卓には、刺身を盛った大皿が置かれていた。

春の料理が、脇を固めている。

まだ湯気の立っている鯛とタケノコの含め煮。

湯がいた豚肉を加賀大根《だいこん》と一緒に胡麻《ごま》だれで和《あ》えて空豆《そらまめ》を添えた小鉢と、木の芽が香る吸い物。

桜エビの炊き込みご飯。

いちごのシャーベット。

家族総出で作った料理は、いつもの夕食よりも手間がかかっている。

普段は出来合いの総菜や缶詰の煮魚も使うが、今並んでいる料理はすべて、素材を一から調理したものだ。

――「本気ご飯」も今日で食べ納めか。

心と胃袋に去来する寂しさを、直史は噛みしめた。しかしもうすぐ引っ越す京都にもきっとうまい物があるはずだ、と思いつつ隣を見れば、まどかは自身の作ったいちごのシャーベットに視線を据えている。両親が料理を撮影している間に溶けてしまわないか、気がかりなようだ。

「よしよし。全部撮れた」

父親がデジタルカメラを食卓の隅に置く。

「待たせちゃったね」

母親が、掲げていた特大のアルミ皿を下ろした。食事に使うわけではなく、撮影用のレフ板がわりである。

「いただきます」

四人揃って手を合わせる。父親が、慎重な手つきで刺身の大皿に箸を伸ばした。

「一ヶ月で在庫の八割以上、売れてくれますように」

店主としての祈りを口に出しながら、鰆の刺身を醬油につけている。今この食卓に載っている器は、どれも同じ物を商品として複数仕入れているからだ。

直史が知っている範囲では、大皿は県内の陶芸作家から十枚仕入れて、店での売値は一枚二万円の予定らしい。

母親が「ねえ」と父親をつつく。

「この醬油を入れてる豆皿、他に高いのを買ってくれたお客さんにプレゼントしない？　おまけってことで」

「……気前が良すぎる」

「でも、豆皿を作った作家さんの宣伝になるでしょ？」

両親が経営する「和食器ギャラリー山野」では、食器メーカーではなく陶芸作家一人一人から、直接手作りの食器を仕入れている。「あの作家の器が欲しい」と作風に惚《ほ》れ込む客が増えれば、店に入る販売手数料も増える、というわけだ。

「宣伝なあ……。よし」

父親は重々しい声で呟いた。

「もともと、豆皿の売値は一枚千円だからな。一万円以上買ったお客さんか、初めてのお客さんにだけおまけしよう」

「うちではかなり安い方だもんね、千円って」

具体的な金額が飛び交うこの家の食事風景は、よそから見れば珍しいだろうと直史は思う。

陶芸家の作った食器を店頭やインターネットで販売し、売上の半分以上は陶芸家、残りを自分たちに配分する。直史とまどかが幼い頃から、両親はそうやって生計を立てている。

今日のように時間をかけて作った夕食を商品に盛りつけて公式サイトに載せるのも、

商売の一環だ。「本気ご飯」は週一回のイベントであり、同時に家業の手伝いでもあるのだった。

「いいよねえ、この豆皿の花模様。白地に藍《あい》で野菊を描いたのが、刺身醤油の色に合ってて」

「これを作った作家さん、若い頃は京都で着物関係の仕事をしていたらしいからな」

「今度は薄口醤油を入れて撮ってみる？　色が薄いのもきれいよー、きっと」

両親は器の話をしながら、幸せそうな顔で刺身を口に運んでいる。

――うまそうに食うなあ、二人とも。器も料理も一緒に味わってる。

十八年一緒に暮らしていても、あらためてそう思う。

直史は鯛とタケノコの含め煮が入った五寸皿を手に取った。あらかじめ湯に浸《つ》けてあったので、まだ温かい。

ふと隣のまどかを見れば、漆《うるし》のスプーンでイチゴのシャーベットをすくっている。

「最初からデザート食べてるのか」

「分かってないな、お兄ちゃん。溶けたら舌触りが変わっちゃうでしょ？」

「そりゃそうだけど」

「未来の菓子職人なんだから、自分の作った味をちゃんと確かめないと」

何気ない言葉に、疎外感《そがいかん》を覚えた。

食卓を囲む四人の中で自分だけが、何を生業にして生きるのか決まっていない。

和食器ギャラリーを経営する両親、製菓を学ぶ妹。

三人とも、食に関わる仕事を選んでいる。しかし直史はどうにも、十八歳のこの時に職業まで決めてしまう気にはなれなかった。

しばらくは全員が黙々と料理を味わっていたが、母親がふと思いついたように箸を置いた。

「まどかも直史も、京都へ行って普段のおかずだけでやっていけるの？」

「何とかなるよ」

直史は断言した。桜エビの炊き込みご飯に刻み海苔を載せて、さくさくと混ぜる。

「でもさ」

寂しげに言ったのは、まどかだった。鯛を箸でほぐしながら、憂い顔になっている。

「この鯛の美味しそうな照りは……煮ている時に何度もおたまで煮汁をかけたから、できたんだよね」

大事な料理のこつだ。放っておくと鯛の表面が乾いてしまう。

「だからさ、お兄ちゃん」

「何」

「下宿でもちゃんと手間をかけて、ご飯を作ろう」

「とりあえず食費は気にしような」

根拠はないが、京都の街中で新鮮な鯛を買おうとしたらとても高くつく気がする。少なくとも、日本海沿岸である金沢よりは高いはずだ。

「食費は確かに抑えてほしいが」

父親が、きりりと表情を引き締めた。

「お父さんは心配していないぞ。お前たちは子どもの頃から自炊ができた」

父親は遠い過去を懐かしむように目を伏せた。

「何しろ、二千円渡して留守番させたら、自分たちで食材を買ってカレーを作ってしまったものな。出前でも頼むだろうと思ってたのに、お父さんびっくりしたよ……」

そんなこともあった。小学四年生の時だ。

「簡単だったよー。学習塾のキャンプで作ったことあったから。ね、お兄ちゃん」

「うん」

「オレの子どもたちはきっと天才料理人になる、と思ったっけなあ」

そこまで持ち上げられると、直史としては意見したくなる。

「いや父さん、今まで黙ってたけど、自分たちで作れば好きなだけ肉を入れられるからさ……」

「あっ、肉目当て？」

「うん」

「お兄ちゃんが、肉が食べたいって言い出したから」

父親が苦笑いで直史を見る。

「あの時、やけに肉の多いカレーだと……子どもだから分量を間違えても仕方ないと思っていたよ」

「失敗じゃないよ」

少々心外だったので、直史は眉の付け根をぎゅっと寄せた。

「怒るな怒るな。直史、国文科でも飲食関係の企業には入れるよな？」

「まどかはともかく、おれは食べ物関係の仕事する気ないから」

「じゃあ、どの業界に就職する気だ？」

「まだ分からない」

受験が無事に終わったらもうその話題か、と気が重くなる。暗に、家業を継ぐ気はあるかと尋ねられている気がした。

「早く決めてくれると安心なんだが」

「就活の時に考える」

――今から仕事を決めろと言われてもな。

タケノコをかじると、ほろ苦い味がした。

白山の女神と契約を結ぶなどと思ってもいなかった、三月末のことであった。

＊

直史の通う大学は、京都《きようと》御苑《ぎよえん》の北側にある。

地下鉄の駅を出ればそこがキャンパス、という便利な立地だ。

入学式から間もない今は、サークルの看板が至る所に立ち並んでいる。

華道研究会、テニス部、ラグビー部、人力車同好会、などなど。

新入生歓迎の看板はどれもカラフルで、人の背丈よりも大きい。

――語り手の仕事をしてたら、サークルに入ってる暇、ないかもなあ……。

どこかのサークルに入るなら入学直後のこのタイミングが一番なじめそうだが、今の自分は語り手の役目を引き受けている。

慌てて入部しても大変そうだ、と思うと若干悲しい。

しかし夏や秋に入部しても歓迎されるという友人からの情報を思い出し、気分を切り替えることにする。

――まずは昼ご飯にしよう。あやかし対策を考えるのはそれから。

数日前、ダイニングキッチンに桜の花を降らせたあやかしは花送《はなおくり》というらしい。

どういうあやかしなのかククリ姫に尋ねたが、二十代後半で着物を着た男の姿をしている、としか教えてはもらえなかった。

ククリ姫いわく「花送は人を驚かすのが好きでな。邪魔をしとうない」という事情らしい。

――入学式や講義の邪魔はしないでくれ、ってククリ姫には頼んでおいたけど、大丈夫か？

前回、鳥居の上で踊るククリ姫を書いたのはあくまで練習に過ぎない。

初めての正式な依頼がいつになるか分からないこの状況は、少々不安ではある。

「山野君」

もうすぐ学食にたどり着くあたりで、声をかけられた。振り向くと、目の細い青年が早足で歩いてくるところだった。

「おー。大塚《おおつか》君、これから？」

「うん、何食べよう？」

語学の講義で隣になった、大塚信介《しんすけ》だ。

話すのはこれで三回目くらいだろうか、実家住まいで同じ国文科という以外に、まだよく知らない相手ではある。

「ご飯も大事だけどさ。山野君、着物着た人に会わなかった？」

「いや、見てない」

「国文科の山野君を知らないかって、聞かれたんだよ。二講目の後で」

「え？」

「三十歳手前くらいかな、学生なのか先生なのか分からないけど……今日来てるはずだけどまだ会ってません、って答えておいた」

「誰だろ？」

と言いながらも、見当はついていた。

「もし山野君を見かけたら、ハナオクリが探してると伝えくれって。珍しい名字《みようじ》だね」

「あー、うん」

苗字かどうかはともかく、間違いない。花を降らせたあやかしだ。

「ええと、こっちでできた知り合い。たぶん、バイトの紹介の話」

と、便宜上言っておく。仕事をする点では同じだ。

「バイトか、いいなあ」

垂れ気味の細い目には、疑惑の片鱗《へんりん》すら浮かんでいない。

「俺《おれ》、この前バイト断られちゃったよ。人手は足りてるからって」

「研究室か何か？」

「いや、高校の時から通ってる私立図書館。個人でやってるとこ」

「公立じゃない図書館なんてあるんだ」

「うん。募集がかかってないのに申し込んだから、断られても仕方ないんだけどね」

「本、好きそうだよな」

「よく言われる。で、山野君のバイトってどんな仕事？」

「えーと……。これから決まる予定」

直史は言葉を濁した。ここで「あやかしを絵物語にして美味しい食材や料理を受け取る」などと言える人間がいるだろうか。

「俺もまたバイト探そうかなー……」

「知ってる人？」

伸びをしながら信介が空を仰いだ。そのまま「えっ？」と動きを止める。

小雨《こさめ》でも降ってきたのかと思い、直史も空を見上げる。

白くひらひらと舞うのは、季節外れの雪ではない。花だ。

八重咲《やえざ》きの白梅《しらうめ》が、回転しながら落ちてくる。

どこかで女子学生が「今頃、梅？」「花が丸ごと落ちてる！　鳥がくわえてきた？」

などと言い交わしている。

降る白梅の数が増え、やがて大きな花びらのハクモクレン、花冠《はなかんむり》をいくつも作れそうなほどのシロツメクサが落ちてきた。

黄色い蝶《ちょう》の群れのような、菜の花、たんぽぽ、カタバミが頬や肩をかすめる。

桜やスズラン、赤と白のハナミズキが風に舞う。

見渡せば、キャンパスを貫く舗装路一帯に春の花々が降り注いでいる。

学生たちは茫然として空を見上げ、あるいは木陰に駆け込みながらも、絶え間なく降る花々に目を奪われていた。

——あ、おれも動揺してるふりをしないとまずいな。

花送の仕業だと確信はしていたが、ここは事情を知らないふりをすべきだろう。

「大塚君っ」

学食へ逃げようと言おうとしたが、信介は降る花々に目を奪われている。

「山野君、俺、初めて見たよ」

「花の降るのがっ？　そりゃそうだよ」

「ファフロツキーズ現象だよ！　本でしか知らなかった」

名前を聞いて、ああ、と思い当たる。直史も小さい頃に本で読んだことはある。

「カエルとかイワシとか、そこにあるはずのない物が空から降ってくる怪現象？」

知ってはいたが、落ちてくるカエルやイワシのイメージが強烈すぎて今ここでは思いつかなかった。

「それそれ。falls from the skiesから文字を取って、ファフロツキーズ。正体は鳥が吐き出した獲物や、竜巻《たつまき》で空に舞い上がった生き物じゃないか、なんて言われてる。江戸時代の日本にもあったんだよ、馬の尻尾みたいな長い毛が降ったんだって」

信介は珍しい自然現象だと思っているらしい。

周りの学生から「ファフロツキーズ？」「あ、テレビで昔やってた」「どっかで竜巻起きたの？」「花めっちゃきれい」「嫌っ、カエルは無理」などと声が上がる。

「気球や飛行船に乗った人のいたずら……っていうのは単なるおれの想像だけど、花ならたぶん実害はないはず」

信介の落ち着き払った反応が直史には意外だった。中肉中背でおとなしそうな外見だが、肝が据わっている。

降る花の数が減ってきて、突然強い風が吹いた。

花畑を持ってきたかのような大量の花々が、風に運ばれて四方八方《しほうはっぽう》へ散り、運ばれていく。

学生たちは、ある者は驚きを口にし、ある者は写真や動画を撮るべきだったと悔やみながら、それぞれの目的地へ歩き出した。

ほとんどが学食に向かうその人波をうまくよけながら、背の高い着流し姿の男が近づいてくる。

信介が男を見て、あ、という顔をする。

「ああ、おったおった。山野君やろ？」

直史を見て男が相好《そうごう》を崩す。

「同じ年頃の若もんばっかで、探すのに難儀してしもた」

鉄紺色《てつこんいろ》の着流しをまとった男は、京訛《なま》りでゆったりと落ち着いた物腰だった。

まるで、京都住まいの卒業生が母校に立ち寄ったような風情《ふぜい》だ。

「さっきはおおきに」

「どうも」

男と信介が軽く会釈《えしゃく》を交わす。

「この人だよ」

事情を知らない信介は、ほっとした顔で言った。

「俺、今日は家で昼飯食うから。バイトの話、行ってきなよ」

「気ぃ使わせてしもて、すんまへんなぁ」

「いえいえ。じゃ、山野君、また」

「うん、また」

軽く手を振って、信介は駐輪場の方へ歩いていく。

バイトの相談という話を信じたままでいるのが有り難くも申し訳なかった。

「花送や。あらためて、よろしゅうな」

「……初めまして」

二人の間に白い花びらがちらちらと降った。先ほど降った花の名残《なごり》だろう。

「年始《ねんし》の頃に、あるお屋敷の奥さんが亡くならはったんや。歳は八十くらいの」

直史は何の話だろうといぶかりつつ、黙って続きに耳を傾けた。

「見事な庭を持ってはるし、まあ独り身で大変そうやと思うて、たまに道から声をかけてたんや。庭師は頼んではりますか、とか、寒うなりましたな、とか」

「知り合いだったんだな」

「知り合いと他人の間くらいやねえ。たまたま私の散歩コースに住んではった人や」

内容の冷たさに反して、花送の声音《こわね》は柔らかかった。

「年末に、奥さんが言わはったんや。この冬はもう越されんみたいや、となア。自分が死んだら子どもらは庭の手入れなんぞようせんやろう、更地《さらち》にして売るつもりやろなあ、って言うてはったわ」

「何とかならないのか、そういう相続の問題って」

「何とかなったら良かったんやけどな。奥さんはほんまに真冬に逝《い》ってしもうて、春が来る前にお屋敷の庭は更地になってたわ」

会ったことのない老婦人を思って、直史は気の毒になった。かと言って、親族たちに向かって「庭をそのままに保て」と命じる権利などない。

「悔しかっただろうな、そのおばあさん」

「花も、悔やむんやで。咲くはずやったのに咲けへんかった、と」

「花が悔やむ？」

「せや。草木にも魂があり、命が終われば冥府へ行って生まれ変わる」

人間の魂が生まれ変わる、とはよく聞く伝承だが、草木もまた生まれ変わるとは初耳だった。

「未練を残した花の魂はこの世にとどまり続ける。魂となった花を咲かせ、その未練を晴らすのが花送の仕事」

名残の花びらがひとひら直史の肩をかすめていき、地面に落ちる前に消えた。

「今降らせたのは、奥さんのお屋敷で春に咲いとった花や。夏が来たら、ムクゲやら紫陽花《あじさい》やら、夏の花の魂をどうにかせんならん。秋と冬の花も」

花送は着物の懐から、茶道《さどう》で使うような袱紗《ふくさ》を出した。

開くと赤、白、黒の小さな珠《たま》が淡く光っていた。

「赤いのが夏の花の魂や。白は秋の花色々、黒は冬の花色々」

「すごいお屋敷だったんだな」

「何日か前に君んちの台所に降らせたのはまた別件。咲き始めた矢先に工事で倒された、山奥の桜や」

「あっ、あの時庭にいたんだって？　クロハさんから聞いた」

「脅かしてごめんやで」

にっと笑いながら、花送は袱紗を元通りにしまいこんだ。

「驚いたけど、きれいだった、と思う。この間の桜も、今日の花も」

「ほな、花も喜んで冥府へ行くわ」

花送の笑みが深くなった。

「ところで昼飯はまだかいな、語り手君」

「うん、まだ」

「人間のやってる店やけど、この近くにうまい飯屋があるよ。そこで契約を詰めようやないの」

「安い？」

「値段は学食より少ぉし高い程度や。せやけど、学生さんにはおごるつもりやで？」

学食の値段設定まで知っているあたり、相当世間に溶け込んでいる様子だ。

「助かるけど、割り勘でいいよ。まだ仕事をしていないし、毎回ククリ姫の時みたいに手付けをもらうのも悪いから」

「遠慮深いことや」

褒められたが、一つ追加せねばならぬことがある。

「おれだけおごられたって知ったら、別の学校に行ってる妹がしょんぼりする」

「そらそうや。ほな、割り勘。懐かしい響きやわぁ」

言葉の響きを面白がるように、花送は割り勘割り勘、と繰り返した。

構内を出て西側の横断歩道を渡ると、木造二階建ての大きな家に「いもねぎ」「コーヒー」と木の看板が下がっていた。

「古い家屋を改装してあんねん。ここのいもねぎが旨《うま》いんやで」

文字通り、看板商品らしい。

「じゃあ、おれもそれにする」

花送はガラスのはまったドアを開け、厨房《ちゆうぼう》から顔をのぞかせた店員に「いもねぎ定食二つ。二階に上がらしてもらうで？」と声をかけると木の階段を上り始めた。

「常連？」

「いもねぎ食べに、たまに通ってるよ。じゃが芋と玉ねぎを煮て卵でとじたのに、醬油で甘辛く煮た牛のひき肉をドンと載せてはんねん。あと、飯と汁物と香の物《こうのもの》がつく」

「和風のオープンオムレツみたいな？」

「そんなところやね。肉じゃが好きな人が喜びそうな味や」

店の二階に上がると、こちらも喫茶店らしい内装であった。一階と違って他に客はいない。

窓際の席に腰を落ち着けると、さっそく、という風に花送は引き締まった表情になった。全体の雰囲気が、まどかの好きな俳優に少し似ている。

「ククリ姫は、今日はどちらに？」

「家でごろごろしてる。『うさぎ暮らしも悪くない』とか言ってる」

「よう休ませたげてや。人の世とあやかしの世をくるお仕事は、大役なんや。人にもあやかしにも、他の神にもできひん」

「うん」

姿は子うさぎであったり少女であったりするが、ククリ姫は白山の神だ。表からは分からないだけで、相当な気力を費やして人の世にいるのかもしれない。

「もともとククリ姫は、あの世とこの世をくくっておられたのや。冥府や閻魔庁《えんまちょう》がしっかりしてきたさかい、今は人間とあやかしの間を主に取り持っておられる。可愛らしい姿してはるけど、苦労も多いんや」

人間には測りえない事情のようで、直史はただ「覚えておく」と言うしかない。

「花送は……それが本当の姿？」

「まあ、そうやな。服装はその時の生業や、流行《はや》りによって多少は変える」

「生業って何？」

「宿屋の主人をしてる。この格好は趣味半分、もてなしの気持ちが半分やな」

「旅館？」

「小さな宿や。君に語ってもらうため、これから次々、あやかし連中が泊まりに来る予定やで」

集まってくるあやかしを、あやかしの営む宿に泊める。そういう手立てがあるのか、と直史は目から鱗《うろこ》が落ちた思いだった。

実のところ、下宿にあやかしが集まっては大家への言い訳が大変だと危惧《きぐ》していたので願ったりかなったりである。

「それで本題やけど、花をあの世に送る仕事をもう一件、君らに見てもらいたい」

「うん。こっちも、もう少し暮らしぶりっていうか、力を見せてくれた方が書きやすいと思う」

「場所はこの近くやけど、夕方は暇かな」

「空いてる。妹も呼んでいいかな。挿絵画家だから」

「もちろん。妹さんは、ククリ姫との契約についてどう言うてる？」

「むしろ妹の方が乗り気だよ、食いしん坊だから。金沢の飯が恋しいって言ってて、そっちの方が重大みたいだ」

「金沢のおいしいもんいうたら、魚やろか？」

「うん、治部煮も。京都では全然すだれ麩が見つからないって、悲しんでる」

「ああ、すだれ麩ゆうたら、すだれで巻いた生麩みたいな」

「うん。表面がでこぼこしてて、とろっとした煮汁がからみやすくなってる」

説明しながら、無性に出汁の利いた治部煮とすだれ麩が恋しくなってくる。

「私も、食べたことあるで。すだれ麩は金沢の治部煮につきものみたいやねえ」

「それもあって、妹が元気ないんだ。金沢とは食材が違うから、京都で何を食べればいいのか分からないって言ってるし」

「気の毒なことやねえ」

花送はしばし黙った後、「せや」と声を上げた。

「ほな、すだれ麩取り寄せてご馳走《ちそう》しよか。金沢風の治部煮」

「いいのか？　わざわざ」

「ええよ。肉は鶏やのうて、鴨で」

「鴨で！」

つい復唱した。値段が高い分、鴨肉はめったに食べられない。

「ただし、条件があるで？」

花送の目がきらりと光る。

「私が鏡花の作品でどう書かれているか当てられたら、宿で治部煮をご馳走する。もし当てられなくても、別の料理を出したげましょ」

「難しいなあ」

咲けなかった花の魂を慰めて冥府に送る、男のあやかし。鏡花の作品にそんな登場人物がいただろうか。

「契約の履行とは別に、当て物も楽しもうというわけや。言うたら、賭《か》けやね」

「その賭け、乗った。鴨肉のためなら」

まどかにメールを打っている間に、一階から若い女性の店員が上がってきた。二人分のいもねぎだ。

想像したよりも大きい。盆のようにどっしりした皿に盛られている。ところどころ醬油の色が沁《し》みた柔らかそうなじゃがいも、粒の大きな挽《ひ》き肉《にく》、刻んだ玉ねぎを抱き込んだ卵焼きが、丸く、明るく照り輝いている。

テーブルにいもねぎが置かれると肉と醬油の香りが広がって、「わ」と声が出た。

「旨そうやろ?」

「食べる前からおいしい」

直史が言うと、花送は笑いだした。

「連れてきてよかったわ、ほんま。新鮮やわ」

咳払いで笑いを収めてから、箸を取る。

「……そこまで笑わなくてもさあ」

いもねぎを一口食べた直史は、すぐに飯茶碗《めしぢゃわん》をつかんだ。これは絶対に白飯がすすむ食べ物だ。

「せやろ？　ご飯に合うねん」

花送もしみじみといもねぎを味わっている。

箸で切り取るように食べ進みながら、直史は必ず賭けに勝とうと決めた。このあやかしの味覚は信用できる。花送の宿で作られる治部煮は、きっとおいしいに違いない。


講義が終わって夕闇《ゆうやみ》が広がる頃、直史は一人で大学の敷地を出た。

暗い桃色の空に小型のコウモリが羽ばたいている。

街中なのに自然が豊かだ、と軽い驚きを覚えた。

「お兄ちゃんっ」

まどかが狭い歩道を駆けてくる。待ち合わせの時間ぴったりだ。

直史は立ち止まったまま「後ろ後ろ、自転車来るから」と注意した。

まどかは振り返って「すみませんっ」と謝ってから、直史の両腕をつかんできた。

「お兄ちゃん、治部煮って本当？」

「省略しすぎだ。鏡花の作品に花送がどう書かれたか当てたら、治部煮が食えるの」

「すだれ麩も入ってる？」

「鴨肉も入ってる」

「よっし！」

まどかは拳を突き上げ、ガッツポーズを作った。

「妹さんかな？」

背後から聞こえた声に振り向く。着流し姿の花送がひっそりと立っていた。

「初めまして、妹のまどかと申します……兄がお世話になっております」

まどかはおじぎをしたかと思うとバネじかけのように背筋を伸ばし、直史の腕をつかんだ。そのまま電柱の陰に引っ張っていく。

「何だ何だ、実の兄相手にカツアゲか？」

「お兄ちゃん」

ぴたりと立ち止まったまどかは、ひそひそ声で言った。

「あやかし、かっこいい人だ」

「ああ、そう」

今重要なのはそこだろうか、と思う。

「どうして教えてくれなかったのっ」

「相手は人間じゃなくて、あやかしなんだが」

「関係ない」

断言されてしまった。

「依頼人がかっこよかったら何か問題でもあるのか」

「あるよ。心の準備がいる」

「どんな準備だよ。予告してから現れる美男美女なんかいないから、諦めろ」

「お二人さん、早う今宵《こよい》の仕事場へゆこうよ」

花送が道路の向こう側に目を向ける。

石垣と鬱蒼《うっそう》とした木立《こだち》が見える。京都御所を擁《よう》する都市公園、京都御苑だ。

「今度の花はな、真っ昼間より夕闇と月光が映えるんや」

話しながら花送は横断歩道へ向かい、直史とまどかもついていく。

「君たちが京都に来る前、御苑に雷が落ちたんや。枝垂《しだ》れ桜《ざくら》の木にな」

「無事じゃ、なかったんだな」

花送の仕事からして、成り行きは分かる。

「そう。真っ二つになって枯れてしもうた」

大きな門をくぐると、緑の木々に囲まれた広い砂利道《じゃりみち》に出る。すぐ目の前に見える白い塀が、かつて帝《みかど》の住んでいた御所の敷地らしい。

「夕方になると御苑は人が減るんや。花見の季節でもな」

ざくざくと砂利を鳴らして歩く。直史は予想外の広さにきょろきょろしてしまう。

「そうそう、喋るお猿が来はるけど、びっくりせんといてな。偉いお方やねん」

「うん。うちに喋るうさぎがいるから、あまりびっくりしないと思う」

「わたしも……」

「せやったな。ほら、ここや」

花送が足を止めて、満開の桜が並ぶ一角を指さした。

「大きな桜の木が五本並んでたんや、以前は」

薄紅色のこんもりした八重桜が二本、枝垂れ桜が二本。その間が、ぽっかりと空いている。よく見れば切り株だけが残っているようだ。

「あの、切り株になってしもうたんが、雷を受けた」

直史は息を潜《ひそ》めて花送の話を聞いていた。まどかも神妙な顔で聞いている。たそがれの中、他に通りかかる人はいない。自分たちだけが別の空間に入り込んでしまったかのようだ。

すぐそばの木立でガサガサと枝の揺れる音がした。続いて、

「花送。花送。お勤めか」

と幼い声がした。

「鬼門《きもん》の猿はん。ごぶさた」

揺れているクヌギの枝を見上げて、花送が呼びかける。

ざっ、と葉の鳴る音とともに小さな獣が落ちてきて、花送の腕に着地した。

「お猿さん……っ」

まどかが胸元に手を当てて呟く。

あ、キュンと来てる顔だな、と直史は察した。

先ほど花送が言っていた「喋るお猿」だ。神社の宮司《ぐうじ》のように黒い烏帽子《えぼし》をかぶり、白い幣《ぬさ》を手に持っている。

毛並みは薄茶色で、もこもこして暖かそうだ。

「捕らえておいたぞな」

猿が幣を両手で掲げ、軽く振った。

こぼれ落ちてきた紅色の珠を、花送の大きな手が受ける。

「やぁ、生きの良いままで。おおきに」

「悪《あ》しき気を祓《はら》うのに比べれば、どうということもない。ア・ピースオブケイクぞな」

花送の腕につかまりながらも、猿は幣を高く掲げて見せた。

ケーキの一切れを食べるくらいの、労力とも言えない労力。お茶の子さいさい、朝飯前だ、と。

「どこで習うてきはったんです？」

「この前ベンチで学生たちが手習いをしておったのだ。意味は合っておるかな」

「大丈夫、合うてますよ」

花送はてのひらに載せた薄紅色の珠を直史たちに差し出した。

「折れた桜の魂や。よそへ行かへんように、猿はんが捕まえておいてくれはった」

「生き返るんですか、桜？」

まどかが尋ねると、花送は苦笑いで応えた。

「一晩だけや」

大きな手に桜の魂を握り込むと、下手投《したてな》げで放った。

「仲間のとこへ、戻り」

薄紅色の珠が放物線を描いて、二本の八重桜と二本の枝垂れ桜の間に落ちる。

どの桜も、迎え入れるかのように大きくそよいだ。しかし風は吹いていない。

「お兄ちゃん」

まどかが袖を引く。

「紅い枝垂れ桜、二本しか、なかったよ、ね……？」

小さな桜の森は、夕映えの光をかすかに浴びてざわめいている。

二本の八重桜と、三本の枝垂れ桜。

中央の枝垂れ桜は、ひときわ大きい。紅い花が滝のように流れている。

「明日の朝まで咲くように、守ってやってくださいな。あの桜がそうしたい言うてるさかいに」

腕に乗った猿に、花送が笑いかける。

「朝飯前ぞな」

猿は、ふかふかした胸をこぶしで叩いてみせた。

「ほな、私はお寺のお坊さん誘って飲みに行くわ。語り手君と妹さん、見届けご苦労さん。暗いけど気ぃつけて帰ってや」

「いいなぁ、酒が飲めて」

「お兄ちゃん、お酒は二十歳から。あと一年ちょっとだよ」

「半分は楽しみのため、半分は頼み事のためやで」

花送は帯の間から丸い手鏡を出した。

漆塗《うるしぬ》りの古そうな品だ。

「お屋敷の奥さんから供養《くよう》を頼まれたんや。『大事なもんやけど、子や孫には処分を頼みたくない』と言うてはった」

「今から一緒に飲みに行くお坊さんに、供養してもらうんだな」

「どうしてお子さんお孫さんじゃ駄目なんですか？」

邪気のない顔でまどかが聞いた。

「多くは言わはらへんかったけど」

花送はそっと帯の間に手鏡を挟んだ。

「旦那《だんな》さんと出会う前に、誰かにもろうたらしいわ。娘時代の思い出の品やな」

「鏡の供養も花送の仕事なのか」

「いや、全然。他人と顔見知りの間やから。頼まれることにした」

花送は淡々とした顔で「花を大事にする人間、嫌いやないしね」と付け加えた。

＊

花送の宿に行きたがるまどかを「仕事のじゃまだから」と説得して帰宅すると、すっかり暗くなっていた。

「ただいまー、ククリ姫」

ダイニングキッチンに入ると、ククリ姫が子うさぎの姿でのうのうと赤い座布団に寝そべっていた。白く丸みを帯びた姿は、まるでつきたての柔らかい餅のようだ。

「お兄ちゃん、ククリ姫よく寝てるから、静かにね」

まどかがひそひそ声で忠告し、二階へ上がっていく。部屋着に着替えるのだろう。起こさぬようにと気遣ってか、足音が静かだ。

しかし直史としては、あの花送をどう物語にしたものか相談したいところである。

――人の世とあやかしの世をくくる大役ねえ……。

かすかな寝息をたてて、ククリ姫は眠っている。そうしていると普通の子うさぎにしか見えない。

バッグを置いた直史は、隣の六畳間からベージュのマフラーを出してきてククリ姫の体を包んでみた。

「よし」

「何をする。暑い」

ククリ姫が赤い目を開けた。

「雑煮《ぞうに》みたいになるかなと思って。料理の本に載ってた、白味噌仕立ての」

白く丸い子うさぎがベージュの毛織物にくるまれている姿は、丸餅と白味噌で作った京風の雑煮そっくりだった。

「遊ぶな」

ククリ姫は前足を振り回して憤慨したが、感触が気に入ったようで今度はマフラーに頬をすり付けるようにして寝そべった。きな粉に落としたつきたて餅にも見える。

「すべすべのふわふわだ。しばらく貸してくれるだろうか」

「いいけどな。大学に来たよ、花送」

「おお」

「仕事も見せてもらった。庭園にあった春の花を降らせるところ、雷で折れた御苑の桜を咲かせるところ」

泉鏡花の作品の中でどう書かれているか当ててみせれば、治部煮を馳走しよう……

という条件を話すと、ククリ姫は耳をピンと立てた。

「では、うらも黙っておらねばな」

「答えを知ってるんだな？　ヒントはくれないのか」

「うらは公平な立場なのだ。審判のようなものだと思え」

言われて納得していると、部屋着に着替えたまどかが二階から下りてきた。

「お兄ちゃん、今日は手伝わなくていいから」

「一人で晩ご飯作るのか」

今日はまどかが当番ではあるが、手伝いが要らないとは珍しい。

「お兄ちゃんがお話を考えないと、わたしは絵を描けないでしょ」

まどかは冷蔵庫から野菜を取り出し始めた。

「今日は簡単に、鶏肉と野菜の炒めもの」

「うらも手伝おう」

「ありがと。ククリ姫、人の姿に戻ってブロッコリーを洗ってくれる？　下茹《したゆ》でするから」

——普通の台所の会話じゃないな。

直史はノートパソコンを開いた。

——明日も学校だから、さっさと書こう。

そう決意したものの、何も思い浮かばない。そもそも、鏡花の小説に成人男性の姿をしたあやかしなどいただろうか。

隣の六畳間へ行って、本棚に並ぶ『子どもの鏡花シリーズ』の背表紙を眺める。

成人男性といえば、『草迷宮』に登場するあやかしたちの首領・山ン本五郎左衛門は立派な侍姿だった。しかし、魂をどうこうする描写はなかったはずだ。

次に『天守物語《てんしゅものがたり》』に目を移す。老人の姿ではあるが、この作品には人間離れした名工が登場する。

霊力を秘めた獅子頭《ししがしら》の目が傷つけられたために、姫路城《ひめじじょう》に住むあやかしたちも、あやかしの姫君も、姫君に恋した青年も目が見えなくなってしまう。しかし老人が鑿《のみ》を振るって獅子頭の目を直してやると、全員が無事に視力を取り戻すのだ。

——うーん、でも、この名工は花送とは違うよなあ。

他者を手助けするという意味では似ているが、性質が違う。

——花の魂を現世から別の場所へ送ることは、移動あるいは変質。でも、失われた視力を元通りにしてやるのは原状回復だ。

他の作品を思い返しても、花送と思われるあやかしのたぐいはいない。

これはもう図書館で鏡花全集に当たるしかないのだろうか、と思った時、ふっと信介の顔が浮かんだ。

「ククリ姫」

ダイニングキッチンに戻ると、ククリ姫は赤い着物にたすきをかけているところだった。

「どうした、直史」

「ククリ姫はヒントを出せないけど、学校の友だちで、本をたくさん読んでそうな人と相談するのはいいんだよな？　鏡花の書いた小説のこと」

「うらのことや、あやかしたちのことを内緒にするなら構わぬ」

「分かった！」

すぐに電話をかけた。夕食の最中だったら悪いな、とは思いつつ。

『おー、山野君かあ。どした？』

信介の声は、幸い急いではいない様子だった。

「突然ごめん。昼の花送さんが何でか、泉鏡花のこと調べてるみたいでさ。大塚君、何か知らないかと思って」

『泉鏡花って、あの、小説家のだよね？』

「うん。おれが金沢出身だから、聞かれたみたい」

表現を曖昧《あいまい》にしつつ、お互い言葉遣いが硬いな、と思う。高校時代ならもう少し早く打ち解けた気がする。

「花送さんの質問が難しくてさ。図書館でバイトしようってくらいだから、大塚君、何か知らないかなと」

治部煮を食べられるかどうかが、君の双肩《そうけん》にかかっている……とは、もちろん言わない。

『俺も鏡花作品を全部読んだわけじゃないけど。どんな質問？』

花送は確か、冥府に送ると言っていた。それより、もっと分かりやすい言葉に直した方が伝わるだろう。

「咲けなかった花の魂をあの世に送ってあげるようなお化け、いなかった？　鏡花の小説に」

『うーん……』

声だけでも困惑が伝わってくる。それはそうだろう。

『あの世に送るって、天国？　地獄？』

「分からない、ごめん」

信介のうなり声が聞こえてきた。無理な注文をしてしまったかもしれない。

「大塚君、やっぱり自分で調べ……」

『鏡花ってさ』

熱のこもった声で、直史の申し出はさえぎられた。

『弱い者に対する視線が、基本的に優しいんだよな。ひどい目に遭った人が、誰かに大切に思われてたりして』

「ああ。そんなのあったな。生贄《いけにえ》にされて死んだ女の人が、龍神《りゅうじん》になってあやかしたちに慕われて、恋人もいて」

『俺も読んだことある。《夜叉《やしゃ》ヶ池《いけ》》だね』

信介の声が嬉しそうなのは、同じ本を読んでいる仲間を見つけたからだろうか。

『他にも《化鳥》では、世間から冷遇されてる母親と小さい息子が、すごく苦労しているけど仲が良くて』

「うん、そうだった、そうだった」

『だから思うんだけど、鏡花が花の魂を地獄に落とす、って展開はなさそうに思う。分からないけど、花の魂ってか弱そうな感じだろ？』

「地獄に落ちたらなかなか救えなさそうだな」

芥川龍之介の『蜘蛛《くも》の糸《いと》』を、直史は思い出した。

「大塚君の言うこと、分かるよ。鏡花が書くなら花の魂は救ってあげそうだな。芥川の『蜘蛛の糸』みたいに、すーっと上に連れていく、みたいな」

『うんうん、あれは途中で切れちゃうけどね』

電話の向こうで信介は笑っている。魂をすくい上げる糸が切れては大変だ。

天から地へ垂れる長い長い垂線をイメージした直史は、ある情景を思い出した。

実家から持ってきた『子どもの鏡花シリーズ』で見た絵だ。

晴れた空、細い一本の糸で宙《ちゅうづ》吊りになっている桔梗《ききょう》の花。

「あった！　天へすくい上げる糸」

『え、何？　芥川じゃなくて、鏡花作品に？　そんなのあったっけ』

「天国というより、天高くそびえるお城。高いお城の天守閣《てんしゅかく》から、花を釣り上げる女のあやかしたち。《天守物語》だよ！」

『あっ！』

信介も読んだことがあるようだ。思わず直史はソファから立ち上がる。

「お兄ちゃん、何か分かったみたい」

と、まどかの安心した声が後ろで聞こえる。

――喜べまどか、たぶんすだれ麩入りの治部煮が食べられるぞ。

『花送さんが探してるのって、《天守物語》なんだね？』

「きっとそうだ。ありがとうな、大塚君っ。今度おごるよ」

『まじか、お礼すごいな。下宿生におごってもらっちゃっていいの？』

「双子の妹と一緒に自炊してるから、食費は今のところ抑えられてる」

『へえ、妹さんいたんだ、双子の。……あ、今、例の図書館だから、もう切るよ』

「えっ、悪かった」

『まあ、裏庭に出て話してるから大丈夫。窓から受付の可愛い子が見えるし』

「おいおい」

『いや、受付で働いてるのが覗けるだけだから』

「それ以外を覗いてたら怖いよ、大塚君」

ちょっと危ない奴かな、と思い、居心地が良さそうだな、とも思う。

『俺のことは信介でいいよ、大塚君じゃ長いから。じゃ、また明日！』

朗らかな声を耳に残して、電話は切れた。

「よし……」

直史は隣の六畳間に行って『天守物語』が収録された文庫本と『子どもの鏡花シリ

ーズ　天守物語』を本棚から出し、ソファに戻った。

さっそく『天守物語』の冒頭を読み始める。

場所は、姫路城の天守閣。言ってみれば高い塔の上だ。

ちょうどバルコニーのように張り出した場所から、女たちが地上へ釣り糸を垂らしている。

女郎花《おみなえし》などの秋の花を釣り上げて、女たちは喜んでいる。釣り糸につけているのは草の露。現実にはありえない情景だ。

女たちの名は桔梗、葛、女郎花、撫子《なでしこ》。どれも花の名前だ。

花を天上へ釣り上げる行為と、花の魂を慰め、あるべき場所へ連れて行く行為は、似てはいないか。

文庫本を置いて、ノートパソコンを立ち上げる。

京都御苑や烏帽子をつけた猿については、インターネットで詳しく調べてみたい。

鏡花が書いた花送は、花の名を持つ複数の女のあやかし。

信介の話に出てきた、窓の向こうにいる少女。

供養するために花送が持っていた、娘時代の思い出の手鏡。

何かが浮かんできそうで、直史は大きく息を吸い込んだ。

＊

怪しい舞妓と御苑の守り神のこと

「手鏡の中に桜が咲いているの」

大学で出会った女の子が、急にそんなことを言い出した。

手鏡と言ったら古風に聞こえるけれど、実際見せてもらったら「手鏡」としか言いようのない代物《しろもの》だった。

観光客が京都駅や祇園でおみやげに買っていくような、和風の、丸い手鏡だ。木に鏡がはめてあって、赤漆が塗ってある。でも、描かれているのは桜じゃなくて蝶だ。

「後ろじゃなくて、中。鏡の中に桜が咲いてるの」

彼女は本当に鏡の中に桜が咲いていると言って譲らない。

念のためにもう一回見せてもらったけれど、ただの鏡だ。

彼女に言わせると、鏡に映った自分の周りに桜が咲いている、らしい。

じゃあ二人同時に映ってみよう、とぼくが言ったら、

「顔をくっつけないと二人同時に映らないと思う。だからだめ」

断られた。

そこは断らないでほしかった。でもどうして「鏡の中に桜が」なんて、正気を疑われそうなことを告白してくるんだろう。

やっぱり、本当に見えているから、ぼくに分かってほしいから、そう言ったのか。

彼女は講義に来て椅子に座った時、手鏡を出して何秒間か身だしなみをチェックする。最近その時間がちょっと長くなってきて、時々は手鏡を左手に握ったまま教授の話を聞いている。

注意しようかと思ったけれど、例の「だからだめ」以来何となく気まずくて、講義を受ける時は彼女から離れるようになってしまった。高校と違って席が固定でないのは良いけれど、こういう時だけは困る。

ある日講義が終わった後、彼女の座っていたあたりを見たら誰もいなかった。

机の上に手鏡だけ置いてあって、ぼくはついつい、それを手に取っていた。

「あの子、どこか行った？」

彼女の近くに座っていた女の子に聞いても「講義の後ちょっと目を離したら、いなくなっていた」と言うだけだった。

そのへんにいるかもしれない。ちょっと気まずくなっただけなんだから、メールや電話で連絡するくらいはいいんじゃないか。

迷いながら昼休み、大学の近くの公園へ出た。と言っても、京都御苑なんだけど。

ベンチに座って手鏡を出して、決めた。

よし、メールをしよう。「あの手鏡、教室に忘れてなかった？」この一行《いちぎょう》だけ。

決断した時、向こうから舞妓さんが三人歩いてきた。みんなで御苑の桜を見に来ました、っていう、はんなりした感じで。

「もうし、すんまへん」

舞妓さんたちが話しかけてきた。道を聞きたいのかな、と思ったけど、京都と言えば舞妓さん、舞妓さんと言えば京都。いや、他の街にもいるけど、とにかくこの人たちが迷子ってことはない。

「その手鏡を譲っておくれやす」

舞妓さんがぼくの右手を見て言った。そうだ、ずっと握ったままだったんだ。

「無理です。友だちのです」

きっぱり言うと、三人とも笑いだした。

「その子はもう、うちらのお友だちどす」

なんだそりゃ。

「鏡を見よし」

見よし？　見ろってことか。

言われるまま手鏡を見たら、そこに彼女がいた。真っ白な霧に取り巻かれて、迷子《まいご》みたいにきょろきょろしている。

「譲っておくれやす」

舞妓さんの声が怖い。笑顔だけど怖い。

手鏡を握りしめて、ぼくは御苑の砂利道を走り出した。

「逃がしまへんえ。女郎花ちゃん、綱持ってますやろ。捕まえて縛りあげまひょ」

「葛ちゃん、もっと早う走って」

「撫子ちゃん、お仕置き、きつうし過ぎたらあきまへんえ」

追ってくる舞妓三人の会話が、ぼくの足を加速させた。捕まったら絶対、ただではすまない。

京都御苑の中には、白い塀で四角く区切られた京都御所がある。その塀に沿って、がむしゃらに走った。御苑の敷地そのものから出よう、とは全然考えつかなかった。

今思うと奇妙だけれど。

塀の角を右へ曲がった時、名前を呼ばれた。彼女の声だった。

彼女は講義に出ていた時と同じ格好で、バッグを持って、迷子になったような頼りない表情で御苑の砂利道に立っていた。

「教室で席を立つ時に、いつものように鏡を見て……気がついたら、御苑にいたんだよ。本当に。だんだん真っ白な霧が立ち込めてきて、何でか、誰にも会わなくて」

御苑のはずがない。霧なんか出ていなかったんだから。

「わたし、君を見つけた時、山で遭難して助かったみたいな気持ちだったよ」

堰《せき》を切ったように話す彼女と、相づちも忘れて聞いているぼくを、遠くから三人の舞妓が見ていた。

「出よう」

彼女の手をひっぱった時、舞妓たちは嘘みたいな早足で近づいてきた。

すれ違う一瞬《いっしゅん》、

「くやしい、くやしい」

「猿《さる》ヶ辻《つじ》に逃げるとは」

「鬼門除《よ》けの猿が助けるとは」

「桜の魂と一緒に、天界《てんかい》へ連れてゆこうと思ったのに」

口々にそう言い残していった。

「猿？」

舞妓たちがちらりと睨んだ、後ろの塀をぼくは振り向いた。

ちょうど御所の北東の角にあたる位置だ。けれど塀の角がへこんでいる。凸《とつ》の右半分を想像してもらったら、分かると思う。

「猿って？」

右、左と見回していたら、彼女が上を指さした。塀についている瓦《かわら》屋根だ。

その軒下には、木彫りの猿が座っていた。神主《かんぬし》さんみたいな烏帽子をかぶって、手に持った白い御幣《ごへい》を肩に担いでた。御幣って知ってるかな、神事の時に振ったり掲げたりする、あれだ。

この猿何だろう、と聞いたけれど、彼女も分からないらしい。

そこへ犬を連れたおじさんが「鬼門除けやで」と話しかけてきた。一瞬驚いたけど、普通の近所の人みたいだった。

「ここは御所の北東の角で、鬼門やからね。角が切り取ってあるんや」

塀の角をわざと欠けさせて、縁起の悪い北東の角を「なかったこと」にしてしまうおまじないらしい。

「塀の屋根にお猿が宿って守ってるさかい、ここを猿ヶ辻て言うんや」

守り神のいるこの猿ヶ辻を通ったから、彼女は鏡の中から戻ってきた。そして、三人の舞妓もあきらめたのか。

思わず猿に手を合わせたら、おじさんはちょっとびっくりしたみたいだった。

「鬼門除けのお猿やさかい、厄をよけてくれはるやろ。学生さん、勉強がんばりや」

にこにこして、犬を連れて去っていった。

彼女が持っていた手鏡は厳重に布で包んで、お寺に供養をお願いした。「絶対に鏡を見ないでください」と念を押して。

彼女は、フリーマーケットであの手鏡を買ったらしい。新品を買い直して、そっちは桜が映ることもなく、普通なのだそうだ。

鏡に浮かぶ桜の花で人を誘い、天界へ連れ去ってしまうあやかし。

三人の舞妓は、そういう存在だったのかもしれない。舞妓を見たら要注意だ。

あの鬼門除けの猿が彼女を守ってくれたわけだけれど、鏡を渡さなかった点だけは我ながら立派だったと思っている。

＊

「できたよ」

ディスプレイを見つめたまま、直史は宣言した。

同時に、焼けた鶏肉とチーズのいい香りが漂ってくる。

「お疲れさまー」

流し台の方から、まどかの一仕事終えたような声が届く。

「お兄ちゃん長引きそうだったから、グラタンにしちゃった」

まどかがオーブン皿を食卓に運んでいる。

ククリ姫はどこだと見回せば、うさぎに戻ってまどかの足元で跳ねている。

ははあ、と直史は感づいた。

「いい匂いだな。ククリ姫」

「……仕方なかろう。安全な場所で美味なるものの匂いを嗅《か》ぐと、気が抜けるのだ。人の姿をたもっておれぬ」

直史は、花送が見せた花々を思い出した。工事で、庭園の主の死で、落雷で、咲けなかった花。

安全な場所、というククリ姫の言葉が、なぜか貴重なものに思えた。

＊

四条烏丸《しじょうからすま》、つまり四条《しじょう》通と烏丸《からすま》通の交差点は銀行や大きなビルの建つオフィス街だが、一本でも脇の通りに入れば静かな区域に変わる。

花送によれば、このあたりにゲストハウスはあるらしい。

「まどか、あれだ」

町家風の木造家屋に、桜の模様をあしらった暖簾が下がっている。

暖簾には『ＧＵＥＳＴＨＯＵＳＥ　花の川』とある。

「ククリ姫、ちゃんとパーカーの中に隠れてろよ。人間のお客さんが見てペット同伴ＯＫだと誤解したら迷惑だから」

ククリ姫は「仕方ない」と言い、もぞもぞと身を縮めた。それを覆い隠すように、パーカーのジッパーを閉める。

「こんばんは」

まどかが先に立って暖簾をくぐった。

「いらっしゃい」

応えたのは十代半ばの少年だった。座布団を何枚も重ねて運んでいる。従業員というより親戚《しんせき》の手伝いに来た高校生のように見える。

「花送どのに聞いている。ささ、奥へ」

直史もまどかも靴を脱ぎ、スリッパに履き替える。

「山野様ご一行、ご案内っ」

少年が元気に奥へ声をかけると、長い暖簾をどけて花送が顔を出した。

「花送さんっ」

まどかが黄色い声を上げ、花送は黙って苦笑する。

「こっちが調理場やで。従業員の食堂兼ねてるし、他のお客様に気い使わんと、上がってや」

「おじゃまします」

直史は調理場の暖簾をくぐるとパーカーを脱いで、ククリ姫を腕に抱えた。

「分かってしもたなあ。鏡花作品での私の役」

「まさか、女の人の集団になってるとは思わなかった……。友だちと話してるうちに気づいたんだ。今日お礼に呼んだ大塚君」

「聞いてる、聞いてる。もうすぐ来はるんかな？」

「こっちへ向かってるとこだと思う。花送は鏡花に興味を持ち始めた文学青年で、バイト先の社長ってことになってるから」

「何や暇そうな社長やなあ」

「正体がばれるよりいいだろ」

話しながら室内を見回す。

三口コンロが二か所もあるのは、宿泊客の食事を作るためだろう。

湯気の立つ鍋から、出汁と鴨肉の匂いがする。

焼き網の上でタケノコが甘い香りを放つ。

見ているだけで腹が鳴りそうな眺めだ。

働いているのは割烹着を着た数人の男女で、野菜を刻んだり鍋に具を投入したり、てきぱきと立ち働いている。

「全員、あやかしの類やねん。そのうちお二人さんの世話になるわ」

花送が言うと、全員が直史たちを見て軽く頭を下げた。

「よ、よろしくお願いします」

直史は慌てて挨拶した。

「よろしくお願いします。頑張って挿し絵描きますっ」

おじぎをしたまどかは、厨房の隅を見て「和菓子？」と呟いた。

桜や梅の形をした上生菓子のようなもの、薄緑や白のようかんのようなものが、大きな皿に整列している。

「ちゃうちゃう。生麩やで。細工うまいやろ？」

花送が皿をテーブルまで持ってくる。

「こっちの桜や梅の形をしてるのが、花麩《はなふ》。生麩を何色も重ねて花の形にして切ってあるから、グラデーションになってる」

「じゃあじゃあ、こっちの、四角いようかんみたいなのは？」

「白いのが、何も入ってない生麩。緑のは、アボカド練り込んでる生麩。表面だけカリッと焼いて味噌をつけるよ」

「おいしそう。ここで作ったんですかっ？」

「いやいや。買いかぶらんといてや」

花送はそう言いつつ、嬉しそうだ。

「この宿は錦市場に近いさかい、毎日仕入れてんねん」

「じゃあ、とっても新鮮？」

「新鮮出来立てやで。約束の治部煮もじきに上がるし、座って座って」

椅子を勧められて、直史もまどかも座った。八人は座れそうな大きなテーブルだ。

「ククリ姫は人の姿に戻らないのか？」

一緒に食卓を囲みたいと思い、直史は聞いてみた。

「人の姿は疲れる。今日はこのまま」

「そっか、残念」

右隣の椅子にククリ姫を下ろす。左隣でまどかが「じっぷにー、じっぷにー」と小声で歌っている。

入り口の方で「おじゃまします」と声がした。

「信介だ」

「おお、お友だちやな」

「お兄ちゃん、迎えに行ってあげなよ」

と言っている間に、足音が近づいてくる。

「信介？」

暖簾をどけると、少年に案内されて信介が廊下を歩いてくるところであった。

「直やん」

信介は、直史を「直やん」と呼ぶようになった。本人曰《いわ》く「本名をもじったあだ名で呼べば、本名を忘れないから」らしい。

「直やん、呼んでくれて嬉しいけど、俺まで良かったの？　バイト先なんだろ」

「いいんですよっ」

まどかが直史の後ろから顔を出す。信介は「わわっ」と細い目を見開いた。

「直やんそっくりなのに、女の子だ？」

信介は驚いた顔で直史とまどかを見比べている。

「これが妹。調理師学校の製菓コースに行ってる」

「まどかです」

「大塚です。お菓子、好きですか？　これ両親からみなさんに手土産」

信介は持っていた包みを軽く持ち上げてみせた。

「抹茶ラスクなんですけど」

「しびれるほど好きですっ」

「電撃的に好きですか。良かった」

――動じないな、信介。

食に関することとなると、まどかはいつも以上に独特な表現をする。

信介は初対面でもけろりと返すあたり、案外馬が合うのかもしれない。

「花送さんも、お招きありがとうございます……って、うさぎ！」

手土産を花送に渡すが早いか、信介は椅子で丸まるククリ姫ににじり寄った。

「小っちゃいうさぎだよ、直やん」

椅子の座面に手をかけて、ふにゃふにゃと油断しきった笑顔で信介が見上げてくる。

「うちで飼ってる」

「かわいいなあ。抱っこしていい？」

「結構気が強いから、撫でるだけにしたら」

「殺傷力高いのか、うさちゃん」

と言いつつ、信介は座り込んでククリ姫を撫でまくっている。

「せや、大塚君やったかな」

「はい？」

花送に呼ばれて信介が立ち上がる。

折しも、料理が次々と食卓に並べられているところであった。

「直史君の相談に乗ってくれたそうやけど、鏡花に興味あるんかな？」

「あ、ええとですね」

席に着きながら、信介はためらう様子を見せた。

「実は、時代小説を書いてて」

「へえ！　若いのにすごいな」

「書いてるって言っても、少しずつです。それで泉鏡花も参考に読んでたんです。あれは舞台が明治とかですけど」

「そうなんや。いや、鏡花に興味のある人がまだまだおって、嬉しいことや」

花送が直史の向かいに座った。

「少し相談に乗っただけなのに、呼んでいただいて……」

恐縮した様子の信介に、花送は「いや、助かったわ。鏡花には、ちと縁があるねん」と言った。信介が「お好きなんですね鏡花」と頷く。

「実は、直史君も書かはんねん」

突然お鉢が回ってきて焦る。

「いや、おれは時代小説を書く技術も知識もなくて。短い、お化けが出るようなのを」

「お兄ちゃんがお話を書いて、わたしが挿し絵を書いてる」

「いいね、分担できて」

「うんっ。『京都ぎょうさんブログ』っていうサイト、知ってる？」

「聞いたことあるよ」

「『ふたごの京都妖怪日記』っていうの」

「ああ、小説や詩を載せてる人もいるらしいね」

信介はいつの間にか敬語をやめて、まどかの話を聞いている。

従業員が「はい、治部煮を二種類ね」と浮き立った声で煮物碗を運んできた。

「お兄ちゃん、すだれ麩の治部煮だよ、本物の」

いただきますの挨拶をした直後にまどかが手に取ったのは、厚手の煮物碗だった。

赤みの濃い鴨肉、煮こまれた太いネギ、さっと茹でた菜の花、すだれ麩が、とろみのある出汁をまとっている。

あしらわれた一つまみの生わさびが、ツンと芳香を放つ。

「おれは鴨が一番嬉しい」

生わさびを箸の先でちょいとすくって厚い鴨の切り身に載せ、かぶりつく。

なめらかな片栗粉の衣が溶けると濃い肉汁が噴き出してきて、ずっと噛んでいたくなる。濃口醤油と砂糖と味醂《みりん》で甘辛く煮た、故郷の治部煮だ。

脂も滋味《じみ》も濃い鴨肉とネギの甘みがたまらない。「鴨が葱《ねぎ》を背負って来る」ということわざを思い出してしまう。

「あいつは鴨ネギだ、って言い回しは、相当おいしいものを想定してるんだろなあ」

「そうだね直やん。人間をこんな、おいしい食い物扱いしてはいけない」

むぐむぐと鴨肉を食べながら、信介は幸せそうに瞑目《めいもく》している。

「お兄ちゃん、鴨肉には惚れ薬が入っているよ……だってうっとりするから」

陶酔しきった顔でまどかが鴨肉を褒めたたえる。

「惚れ薬が入ってたら、うかつに人前で食べられないだろ」

「ううん鴨肉に惚れるの」

「惚れた相手を食っちゃってるよ、うちの妹」

「すだれ麩ってこれだよね、直やん」

信介が無造作《むぞうさ》に、すだれ麩を箸で持ち上げる。

「熱いよ？　出汁がじゅわって来るよっ」

まどかが警告する。信介は息でふうふうとすだれ麩を吹いて、そっと口に入れた。

「んー」

頬をふくらませた状態で、信介が直史を見た。

「何？」

信介は視線を下げ、しばらく黙々と咀嚼してから顔を上げた。

「うまいよ、すだれ麩！　とろっとした出汁が、すだれみたいな筋目にからんで、噛んだらじゅわっと来て、めっちゃうまい」

「だろ。実際すだれできっちり巻いて作ってるんだ」

「信介君はすだれ麩のツボが分かってるね」

まどかは同志が見つかって嬉しいのか、苗字《みょうじ》ではなく「信介君」と呼ぶことに決めたらしい。

――万一この二人がくっついたら、すだれ麩が結んだ縁ってことになるな。

ロマンに欠ける気もするが、まどからしいとは言える。

「ククリ姫は？」

まどかが聞くと、椅子の上でククリ姫は首を傾げた。

――ククリ姫にも食べさせたいけど……信介が不自然に思わないか？

直史が迷っていると、

「ほなうさぎさん、小さい皿に盛ってあげましょ」

花送が席を立って調理台に向かう。

「直やん。うさぎって、肉を食べてもいいの？」

案《あん》の定《じょう》、信介が怪訝な顔をしている。

「ちょっとなら大丈夫なんだよ、うちのは」

――すまん信介。大学でできた友だちが嘘つきで、ほんとすまん。

心の中で謝った。本当は、うさぎではないから肉も魚も問題ないのだ。

「うさぎの名前、ククリ姫なんだね。石川県にある、白山比咩神社の女神」

「いろいろ知ってるな、信介」

「親父が伝統工芸史を教えてて、北陸にも行くから……。でもすだれ麩は、初めて食べたよ。東京にも京都にも全然ない」

「そう、京都で食べられないから辛いねってお兄ちゃんと話してたんだよ」

まどかがしみじみと、すだれ麩を口に含んだ。

「京都で作れる治部煮もあるで？　薄口醤油でかつおと昆布のだしが効いてる」

花送が言うと同時に、従業員が新たな煮物碗を並べ始めた。

桜をかたどった生麩、小さく折りたたんだ湯葉《ゆば》、クリーム色の四角い生麩、ごろりと丸いホンシメジ、そぎ切りにした鶏肉、それに少量の小松菜《こまつな》が盛られている。

生わさびは添えず一味唐辛子が振ってある。全体的に淡く白っぽいひと碗を、一味唐辛子の赤が引き締めていた。

「すだれ麩のかわりにな、粟麩《あわふ》を使うとええ塩梅《あんばい》やねん。もっちりしてるし、すだれ麩みたいな筋目はなくても、粟の粒のおかげで出汁がからむ」

クリーム色の四角い生麩が、粟麩らしい。花送の言う通り表面に隆起がある。

「それじゃ、粟麩からいただきます」

もちもちとした粟麩を箸で半分に切って口に運ぶ。

透明な出汁はとろりとして、粟麩の柔らかさも、粟の粒の食感も心地いい。片栗粉の衣をまとった鶏肉も、柔らかそうだ。噛んだ途端、鶏の唐揚げが奥に抱き込んでいるような充実した旨味が舌を走った。

「湯葉はそのまんま、たたんであるまんまで食べてみてや？」

花送に言われて一刻も早く試したくなり、湯葉を食べてみる。

何層も重なり合った湯葉の間から、出汁がゆっくりと沁みだしてきた。

まどかがぼうっとした顔で呟く。

「この湯葉……パイ生地が生まれ変わったら、こんな味だ……」

直史は思わず首を振る。人や動物や、草木だけで充分だ。

「パイ生地が輪廻転生《りんねてんしょう》してたまるか」

「重なり合ってるからだね。パイ生地も湯葉も」

信介は比喩《ひゆ》を理解したようだ。焼いて味噌をつけた生麩を箸で少しずつ切って、ゆっくりと食べている。

「でもさ直やん、どうして治部煮っていうの？」

「おっ、それを聞くか？　嘘だって言いたくなるぞ？」

直史の返しに、信介も「んっ？」と語尾を上げる。

「信じられないような秘密が……？」

「煮込む時じぶじぶと音を立てるから、治部煮」

「嘘だー」

「本当にそういう説があるんだよ。鴨肉や鶏肉に片栗粉をまぶしてるから、出汁がとろっとしてるだろ？　それで、煮えてあぶくが弾《はじ》ける時にじぶじぶって」

「てっきり石田《いしだ》三成《みつなり》みたいな武将の官名の、治部《じぶ》少輔《しょうゆう》から来てるのかと思った」

「そういう説もある」

「どっちなんだよ？」

「石川県民にも謎《なぞ》」

直史はてまり麩と三つ葉の吸い物をすすった。金沢の治部煮と京都の治部煮の間を優しく取り持つような、すっきりした味だ。

「泊まりの客以外にもご飯とおかず出してるし、また来てや」

花送に「うん」と答えた時、直史は壁に飾られた写真に気づいた。

柵で囲われた大きな屋敷だ。冬景色らしく、庭木のほとんどが裸になっている。

「知り合いの屋敷、撮らせてもろうたんや。年明けの頃に」

年明けということは、老婦人が亡くなった頃だろう。

――知り合いなんて冷たいこと言うけど、ほんとは友だちじゃないのか。

直史は詳しく聞きたいような気がしたが、それも野暮だと思い直した。

花送は淡々とした表情で写真を見つめたまま「一杯飲んでええかな」と言った。

直史たちは「どうぞどうぞ、何杯でも」と促す。

「若い子に元気もろうて、おかげさんで、これからも仕事でけるわ」

花送が呟くと、そばで聞いていた従業員が「年寄りみたいなこと言いなさるな」と、すべてを分かっているような顔で言った。

信介のバッグから、着信音が響く。

「ごめん、親から。何時に帰るか詳しく教えろとか、そういう用事だと思う」

バッグからスマートフォンを取り出した信介は、苦笑しながら廊下に出て行った。

花送が、壁の写真に目をやる。

「もっと早う、写真を撮っておいたら良かったわ」

従業員に冷酒を注いでもらいながら、述懐する。

「夏は赤いタチアオイや百日紅《さるすべり》、秋は色んな種類の菊、冬は椿《つばき》と梅。一年中、松の緑と花の彩りが楽しめるように作った庭やって、奥さんは言うてはった」

こくこく、と冷酒を喉に送りこむ花送の顔には、酔いも悲しみも窺えない。

それでも直史には、花送の後悔が伝わってくる気がした。

「まだそのお屋敷の仕事、残ってるんだろ？」

何も知らない信介に聞こえないよう、小さな声で尋ねる。

「せやで。前に言うた通り、夏と秋と冬の花の魂を送らなあかん」

「おれ、見に行くよ。その仕事」

「ほんまに？」

花送は虚を突かれたような顔をした。

まどかが「わたしも行きたいですっ」と言い添える。

「おおきに」

醒《さ》めた表情だった花送は、ようやく笑った。

第三話・了

第四話

春は芽のもの、常の豆　前編

岩肌からたった今湧いたような澄んだ流れに、小魚の姿がはっきりと見える。

今朝も白川の流れは、一点の濁りもなく透き通っていた。

白川は京都市街の東のはずれ、銀閣寺《ぎんかくじ》あたりから祇園へと南北に流れる細い川だ。秋になれば川面《かわも》に座敷をしつらえた茶会が開かれ、春には青い柳の芽吹きが目を楽しませる。

「ククリ姫。乗り物酔いしてないか？」

白川の岸を走りながら、直史はトレーニングウェアの胸元を見下ろした。ジッパーの合わせ目から白いうさぎの頭が出て、走るリズムに合わせて両耳が跳ねている。

「問題ないぞ、直史。まどかの作った袋もちょうどいい」

「自信作だよ」

隣を走るまどかが、嬉しそうに言った。

直史はトレーニングウェアの下に隠れるような状態で、まどか手製のポーチを首から下げている。ククリ姫を連れて走るための工夫だ。

「子うさぎなのに結構重いなあ」

直史がにこやかに言うと、ククリ姫はもぞもぞと動いた。ポーチの中で身をよじり、後ろ脚でみぞおちを突いてくる。

「ククリ姫、そこ急所。人体の急所だから」

「聞き捨てならんな。重いとは」

「そうだよ、女の子に失礼だよ、お兄ちゃん」

まどかにとがめられて、直史は首をすくめた。揶揄《やゆ》しているつもりはない。

「ウェイトにぴったりってことだよ。足首にも手首にも巻いてるんだけど、ちょっと足りないからさ」

「ウェイト？　錘《おもり》のことか」

「そうだよ。両手足で合わせて四キロ」

ちょっとした体力自慢のつもりだったが、ククリ姫は「む？　四キロ？」と怪訝そうな声を発した。

「まどかも、手足に錘をつけているのか？」

「ないない。お兄ちゃんの場合、重量マニアだから」

「おい、変な呼び方はやめろ」

「変かなあ。じゃあ、筋肉負荷マニア」

「よし」

「マニアはそのまんまでいいんだ？」

「いい。筋肉がつきそうなネーミングだから」

「時々お兄ちゃんの美意識が分からなくなるよ」

まどかの口調はいつもと同じで、息は上がっていない。白川に沿って走る朝のジョギングコースを、軽々とこなしている。

「筋肉もいいけど、うちに戻らない？　もうすぐご飯が炊けるよ」

まどかに倣って直史も腕時計を見た。

午前六時四十分、もうすぐ炊飯器のタイマーが鳴る時間だ。そう思ったとたん腹が大きく鳴り、ククリ姫がピクッと身じろぎをする。

「あ、悪い。響いた？」

「違う」

ククリ姫が前足で白川を指し示す。茶色い犬が首にリードをつけたまま水を蹴散《けち》らして遊んでいる。何かを探しているか、何かにじゃれつこうとしている様子だ。

直史たちがいる岸の反対側には十五、六歳の少年が腰かけて、微笑ましげに犬を見守っている。

「あの男の子、花送さんの宿にいたよね？」

「うん。最初に応対してくれた」

川の幅が狭いので、対岸にいても背格好はよく分かる。座布団を運んでいた少年に違いない。

「花送は確か、宿で働いているのは全員あやかしだって言ってたよな」

「二人とも、耳を澄ませろ」

ククリ姫がささやいて、直史は周囲の音に注意を払った。

こぽこぽと鳴っているのは白川の流れだ。遠くから自動車の走る音も聞こえる。

しかし、ジャリジャリ、ともジリジリ、とも聞こえる奇妙な音も混じっている。

「ん？　目覚まし時計？」

まどかが「違うよ」と首を振る。

「目覚まし時計はもっと固い感じの音だよ。けたたましいっていうか」

「この音はな」

ククリ姫が直史の胸元から身を乗り出した。

「あの小豆《あずき》の精が鳴らす音だ。小豆洗いとも言う」

「妖怪だよな……」

「聞いたことあるよね」

ジャリジャリという音が大きくなって、直史は黙った。

音は、対岸に座っている少年から発しているようでもあり、川底から響いているようでもあった。しかし音の出どころを探っているうちに、足元の地面が鳴っている気もしてくる。

――どうなってんだ？　音源が移動してるみたいな……。

犬が雫《しずく》を散らしながら短い階段を駆け、岸に上がる。尻尾を振りながら少年のそばをうろついて、音の出どころを探しているかのようだ。

「どーこ、だ？」

少年が言うと犬はますます激しく尻尾を振って、シャツの肩に前脚をかけたり、脇《わき》腹《ばら》に鼻先を押しつけたりした。遊んでいるらしい。

「小豆炊いて食おか、人取って食おか」

少年が独特な節回しで歌うと、ジャリジャリという音が小さくなる。尻尾を振る犬を撫でながら、「オレは犬は食わんよ」と言っている。

――小豆洗いって、犬を飼うのか。

直史が内心で訝《いぶか》っていると、初老の夫婦が対岸を歩いてくるのが目に入った。急ぎ足で、慌てている様子だ。

「ジル、ジル」

と呼んでいるのは犬の名前だろう。

茶色い犬は夫婦に向かってワンワンと返事をして、尻尾を振っている。

「お二人の犬ですか？」

少年が大人びた口調で言うと、夫婦は「ああ、そう！　そう！」「そうなのよ、うちの！　庭につないでおいたら、リードがはずれてしまったみたいで」と話しつつ、犬を撫でさすっている。

「あなたが見ててくれたの？　ありがとうねえ」

「歩いていたら、寄ってきたんです」

「いやあ、良かった、ありがとう」

「悪い人に連れていかれたらどうしようかと。ありがとうね」

夫婦はしきりに礼を言い、犬を連れて去っていく。ジャリジャリという音はいつしか消えていて、夫婦と犬に手を振っている少年は、どこにでもいる高校生にしか見えない。

「相変わらず世話焼きよな、小豆洗い」

ククリ姫に呼びかけられて、少年はようやくこちらに気づいたようだった。眉の真《ま》っ直《す》ぐな、気が強そうな顔立ちだ。

「迷い犬の面倒を見ておったのか」

「たまたまです。ククリ姫と語り手にご挨拶しようとここまで来たが、朝早いので時間をつぶしていたら犬が寄ってきたので」

「あっ、お気づかいなく。一緒に朝ご飯食べる？」

まどかが愛想《あいそ》よく言った。

「小豆はないけど、えんどう豆の炊き込み飯があるぞ」

思わぬ誘いだったのか、小豆洗いは「馳走になっては悪い」と遠慮をしつつ、小さな橋を渡ってきた。

「朝飯は、気持ちだけいただく。わしは白雪姫《しらゆきひめ》を書いてほしい」

「白雪姫？」

まどかが頓狂な声を出す。

「白雪姫って、ドレスでリンゴかじって仮死状態になって王子様のキスで目覚める、あの白雪姫？」

かなり端折《はしょ》ったあらすじだが、とりあえず直史は妹の勘違いをただすことにした。

「まどか。それはグリム童話の方の白雪姫だ」

「えっ？　他に白雪姫がいるの？」

「いる、いる。鏡花が書いたんだよ」

胸元でククリ姫が黙り込んでいるのを奇妙に思いつつ、直史は説明した。

「鏡花の『夜叉ヶ池』っていう話に出てくるラスボスが、白雪姫って名前なんだ」

ロールプレイングゲームで最後に出てくる強い魔王や魔物、通称ラスボス。この比喩は我ながら上手い、と直史は思っている。

「強いの？　鏡花さんの白雪姫」

まどかもニュアンスが分かったようだ。

「美人で、強い。洪水《こうずい》は起こすし、悪い奴らは魚や貝に変えてしまうし」

「そうだ、白雪姫は強く美しい」

明るい声で小豆洗いが言った。

「どうか今度も、白雪姫を書いてほしい」

「え、ちょっと待てよ。じゃあ君が、小豆洗いが、鏡花作品の中で白雪姫になったってことか？」

答えずにいる小豆洗いの顔を、直史はまじまじと見た。整った造作《ぞうさく》ではあるが、女性とは違う。

「小豆洗い。うらはお主に説教せねばならん」

ククリ姫の細いひげがピンと跳ね上がる。

「あやかしの生きる糧は、人に語られること。まだ若いお主にも、分かっておるな？」

――若い？　小豆洗いは江戸時代から知られてるぞ。

直史は口を挟みたくなったが、ひとまず黙っていることにした。説教というからには、邪魔をしてはまずそうだ。

「分かっております、ククリ姫。人々が小豆洗いの話を語り、姿を絵に描けば、わしの力になる」

「しかるに、お主は自分ではなく、あの娘を書けと言う」

――誰だ、あの娘って？

直史は、首をひねりながら話の続きを聞いた。ククリ姫の口振りからして、小豆洗いと「鏡花の白雪姫」は別人のようだ。

「いやその、わし自身が言うのも傲慢《ごうまん》ですが、小豆洗いを語る者は多いのです。絵にも、よう描かれます」

「わたし、知ってる。小豆洗いはアニメに出てくるでしょ？　おじいさんの姿で」

まどかが言っているのは、毎週土曜日に放映されている子ども向けの番組のことらしい。

小豆洗いはコクリと頷いた。

「だからわしは、まだ語り手に書いてもらわずとも、命を長らえることができる」

「甘く見てはいかんな」

　ククリ姫が、直史の胸元で首を振る。

「人の世の流行り廃《すた》りはすさまじい。小豆洗いを語る者たちが、十年後にはほとんどいなくなっているかもしれんぞ」

「それは、ごもっともですが。わしは、あの『夜叉ヶ池』の白雪姫が忘れられるのがどうにもつらいのです。現にこの語り手の妹も、鏡花の白雪姫を知らなんだでしょう」

　まどかが申し訳なさそうにうつむく。

「知っている人はすごく少ないよ。おれは、高校の特別授業で鏡花のこと習ったから詳しいってだけで」

「そうか」

　憂いを含んだ表情で小豆洗いはうつむいた。

「ククリ姫のご心配はありがたい。しかし、鏡花の白雪姫が忘れられては、わしは心楽しく生きられぬ」

「気持ちは分からぬでもないが」

「ねえ、白雪姫って誰のこと？」

まどかが小豆洗いに尋ねた。

「鏡花さんの白雪姫の、元になったあやかしがいるんだよね？」

「まどか、少し違う。白雪姫の元になったのは、人間だ」

ククリ姫は、ポーチの中で体をひねって直史を見上げた。

「話は、家に帰ってからにしよう。豆ご飯も食べたい」

「おう」

返事をしつつ、直史は安心していた。豆ご飯を食べながら話せるような事情ならば、あまり深刻ではない気がする。

*

えんどうを炊き込んだ豆ご飯は、ふっくらとして温かい。

わかめと麩の吸い物を一口飲んで、上出来、と直史は思う。対面に座る小豆洗いは、何か素晴らしい物を見つけたような顔で漆椀の中身を見ている。

「うまい」

「わしまでいただいてしもうて、良かったのか？」

「いいよ。豆ご飯は休みの日だから多めに炊いたし、吸い物はほとんど乾物《かんぶつ》で作るから、突然客が来ても平気」

おお、と頷く小豆洗いの隣で、人の姿に戻ったククリ姫が首を傾げる。

「今気づいたが、春らしい茶碗だな」

ククリ姫が使っている茶碗は、菜の花が描かれている。

「お父さんとお母さんが、売り物をたくさん分けてくれたんだよ。一年中同じお茶碗よりも、季節や炊き込みご飯の種類で茶碗を変えた方が楽しいって」

まどかが言うと、小豆洗いが「ああ」と納得した風に頷いた。

「語り手の親御どのは、金沢で食器を商っているのだったな」

このあたりの事情は、家へ戻る途中で話している。まどかが製菓を学んでいることや、直史が大学で文学部に在籍していることも説明済みだ。

「まどかと直史も腹が満ちてきた。そろそろ話しても良かろう、小豆洗い」

ククリ姫が話の口火を切った。自分たちの空腹が癒《い》やされるまで、仕事の話は出さずにいたのか、と直史は気づいた。

「だろ？」

「さっき、白雪姫は人間の女だって言ってたよな？」

「うむ。わしが書いてほしい白雪姫は、本当は、樋口一葉《ひぐちいちよう》と呼ばれている女だ」

「あっ、五千円札の、きれいな人？」

「まどか、『たけくらべ』の作者な」

「知ってるよー。読んだことはないけど」

分かっている様子だが、補足は要りそうだ。

「樋口一葉。二十四歳の若さで結核《けっかく》で亡くなった、明治時代の作家」

教科書的に直史が述べると、まどかは「二十四？」と聞き返した。

「お兄ちゃん、あと六年しかないよ？　わたしたちで言ったら、あと六年で死んじゃうってことだよね？」

「うん。働き始めたと思ったら、すぐ、だな」

自分の身に引き比べると恐ろしい。

二十四歳の自分は、まだ何もこの世に遺《のこ》していない気がする。いや、業績らしきものを遺せたとしても、そんな年齢で死にたくはない。

「じゃあ一葉さんも、小説を書き始めたらすぐ亡くなったの？」

「ええと、確か作家としての活動は十四ヶ月。あんまり短いから、本で読んですぐ覚えた」

「一年ちょっとしかない！ ひどいよ」

まどかは一葉の運命に対して憤っているようだ。

「でも、文壇でたくさんの人に認められたらしい。森鷗外《もりおうがい》とか幸田露伴《こうだろはん》とか」

まどかが不満げな顔をする。

認められても死んだら何にもならない、と言いたそうな顔だ。

「代表作は少年と少女の初恋を描いた『たけくらべ』、他に『にごりえ』だったかな。実は、おれもその程度の知識しかない」

「体の弱い人だったの？」

「どうだろう……。若くして亡くなった、って聞くと、どうしても病弱な人を想像するんだけど。お札や写真を見てもやっぱり、なよやかで、か弱い感じがする」

「直史。あまり知られておらんようだが、一葉は鏡花の仕事仲間だぞ」

ククリ姫に言われて「そうなんだ？」と驚いてしまう。しかし考えてみれば、二人とも同時代に活躍したはずだ。

ククリ姫は箸を置くと「ごちそうさま」と手を合わせた。

「鏡花も一葉の才を惜しんでいたからこそ、小豆洗いの願いを叶《かな》えたのだが……」

「もう、両方書けばいいじゃないか」

直史が言った途端、ククリ姫が「あっ」と口を開けた。

「できるのか」

「単純な話だろ。小豆洗いは一葉こと白雪姫を書いてほしい。ククリ姫は小豆洗いが物語に書かれるべきだって言う。じゃ、両方書けばいいじゃないか」

「できるなら、わしはそうしてほしい」

小豆洗いが勢い込んで言った。

「礼は、粒よりのうまい小豆をたっぷり持ってこよう」

「小豆？　あんこがいっぱい作れるよ、お兄ちゃん」

「お菓子ばっかり作らないで、一部はかぼちゃのいとこ煮か小豆ご飯にすること」

「分かった」

「それより、まどかはいいのか？　両方描く件」

「いいよー。たぶん、お話を考えるお兄ちゃんの方が大変だと思うから」

「うーん」

「何か方針があるのか、直史」

「いや、全然。単純な話、両方モデルにしちゃえば、と思っただけ」

提案はしたものの、自信はない。しかし両方書けば丸く収まるのは確かだ。

「手詰まりならば、手がかりを授けるまでのこと。直史もまどかも、そこの寝椅子で休んでおくれ。小豆洗いと一葉の過去を、夢で見せるゆえ」

ククリ姫に手を引かれて、まどかが窓際のソファに座る。直史も隣に腰かけた。

「器はわしが洗っておこう。馳走になったから」

小豆洗いの申し出に「どうもありがとう」と言いかけた直史は、すさまじい眠気に勝てず目を閉じてしまった。

＊

灰色の空から雪が降り、川岸の枯れ草にさらさらと落ちる。

冬か、と直史は思う。

しかし肌に冷たさは感じない。同じ夢を見ているであろうまどかも、きっと寒い思いはしていないだろう。

透明な膜を通して見ているような冬の景色の中に、こぎれいな着物姿の幼女がぽつんとうずくまっている。

年の頃は七、八歳。こちらに背中を向けて川岸に座り、何かを洗っている。

――洗濯は、共同の井戸でやるはずだよな。江戸時代とか明治時代の長屋では。

江戸か明治と思ったのは、幼女の結った髪を見たからだ。しかし洗濯をするにしては、着物が上等だ。長屋住まいではないだろう。

――あれが一葉なのかな。でも、何で川で洗濯？

風が吹いて、降る雪片が数を増す。

広がる草むらのどこかから「小娘、小娘」と声がした。

――ああ、この声。小豆洗いだ。

直史はそう思ったが、確かめるすべはない。

「小娘、それは自分のべべか」

幼女は返事をしない。かたわらに桶《おけ》を置いているが、洗い物は一枚きりのようだ。

「きれいなべべ、いたずらで汚したか」

「馬鹿にするな」

幼女が初めて声を発した。

「家で読本《よみほん》を書き写していた折、母が怒って読本を取り上げようとした。本に覆いかぶさってかばったら、袖に墨がかかってしまったのだ」

年に似合わぬ、大人びた喋り方だった。

「なぜ母御は怒った？」

「女が学問などするな、と」

幼女の声が震えた。この子は読み書きが好きなのだと思うと、直史は気の毒になってくる。

「だが、本は無事だった。近所の寺で借りたと説明したら、母は約束してくれたよ。傷つけずに寺に返すと」

――当たり前だよ、傷つけずに返却するのは！　誰の本かも確認しないで乱暴に取り上げようとしたのか。

母親に対して憤りが湧いてきた。

小豆洗いも何かを考えているのか、草むらに隠れたまま黙っている。

ややあって「しかし容赦はせぬ」と小豆洗いは言った。

「わしは、難儀しているわらべも容赦なく脅かすのだ！」

――慰めろよ！

直史は文句を言ったつもりだったが、声は出なかった。夢の中ではどうしようもない。これはククリ姫の言う通り、過去の情景だ。

ジャリ、ジャリ、と小豆を洗うような音がする。

草むらから聞こえてくるようでもあり、川の流れに混じって響いているようでもある。白川でまのあたりにした現象と、まったく同じであった。

幼女は洗っていた着物を桶に入れると、立ち上がってこちらを見た。あのうりざね顔で目元の涼やかな可愛らしい容姿に「一葉だ」と直史は実感した。紙幣に刻まれた端整な女性の姿が、そのまま幼くなったかのようだ。

「私の名は夏子《なつこ》という」

唐突に、幼い一葉は名乗りを上げた。一葉という筆名はまだ生まれていない。戸籍上の名前だろう。

「ほほう！　あやかしに名を教えるとは、油断が過ぎる」

居丈高《いたけだか》な小豆洗いの声が川辺に響いた。

ジャリ、ジャリ、ジャリと異音は続いている。

「わらべに効くぞ、この音は」

小豆洗いの声は誇らしげだ。

「大雨で水の増えた川にやってくる迂闊なわらべを見つけたら、どこから聞こえるか分からぬこの小豆洗いの音を聞かせてやる。さぞかし気味が悪いのであろう、どのわらべもさっさと帰っていくぞ」

――ん？　脅かしてるけど、役立ってないか？　増水した川は危ないんだから。

「暗くなるまで遊んでいるわらべも、この音で追いかけると家に逃げ帰る。『小豆取って食おうか、人取って食おうか』と歌ってやれば、ますます効く。わしより、夜道の方がよほど危ないのにな」

――やっぱり親切じゃないかっ。

白川で犬と遊んでいた姿を思い出す。

飼い主から離れてしまったあの犬と一緒にいたのは、きっと守ってやるためだ。誰かに連れていかれないように、あるいは遠くへ行ってしまわないように。

――ククリ姫も「相変わらず世話焼き」って言ってた。親切な奴なんだ。

しかし今の小豆洗いが何を目論んでいるのか、直史には分からない。

「わしに勝てるのは、寺の坊主《ぼうず》くらいだ」

小豆洗いのあざけりに、幼い一葉は「ふっ」と笑った。

「今言った、私の名を覚えておけ。お前を打ち負かした最初の人間だ！」

――おお、自信にあふれてる。

直史が一葉にいだいていたイメージが、じわじわと変容してくる。若くして文才を発揮し、二十四歳で惜しまれながら夭折《ようせつ》した作家。翳《かげ》りを帯びたか弱い女性だと、自分は思い込んでいなかったか。

幼い一葉が大きく息を吸い込む。

「かんじーざいぼーさつ、ぎょーじん、はんにゃーはーらーみーたーじー、しょーけんごーうんかいくーどーいっさいくーやーく……」

愛らしい声で詠唱しはじめたのは、般若心経《はんにゃしんぎょう》であった。直史も、ドラマで聞いたことがある。

——あやかしにお経は効くのかな。お経がだめだったら、お寺のたくさんある京都になんか来られないような……。

直史の疑問に答えるかのように「ぐわっ」と小豆洗いの悲鳴が上がった。ただし、ひどく芝居がかった調子で。

枯れ草がざわめいて、着物姿の少年が転げ出てくる。眉のまっすぐな顔立ちは、やはりあの小豆洗いだ。

「や、やられたっ、胃の腑《ふ》が焼けるうっ」

——おおい、もうちょっと巧く演技しろよ……。

胃の腑が焼けると言いながら、悶《もだ》える小豆洗いの手は喉元を押さえていた。

ジャリジャリという異音はもう消え去っている。地面を転げ回りながら、悔しそうに小豆洗いは一葉を見上げた。

「参ったか」

「ま、参った。まさか、このような小娘が尊い経を覚えているとはっ」

——あ、褒めてる。

直史にも、小豆洗いの意図が分かってきていた。要するに煽《あお》るなり心情を吐露させるなりして、元気づけたいのだろう。

「わらべだからと甘く見るな。私はもう、曲亭馬琴《きよくていばきん》の『南総里見八犬伝《なんそうさとみはつけんでん》』だって自分で読める！」

「ぬぬっ」

「般若心経は、全部漢字で書ける！」

——この子も乗りがいいなあ。

直史はもはや心配する気もなく、高見の見物を決め込んでいた。無力だ子どもだとあわれんでばかりでは失礼な気もする。

「よ、良かろう、夏子。お前の名を覚えてやる。これからも、物語や経——書物から力を得て生きていけ！」

一葉の瞳に力強い光が宿り、小さな顔いっぱいに笑みが浮かんだ。それを見届けると、小豆洗いはもとの枯れ草の茂みに飛び込んだ。

「わしはまた、お前の様子を見に行こう」

「やってみるがいい。今度はもっと長いお経で退散させてやる」

幼い一葉は意気揚々《いきようよう》と桶を持ち上げると、川岸を歩いていく。見送るように、ジャリ、ジャリ、と小豆洗いの音が静かに鳴り始めた。

雪の降る川岸が急速に薄暗くなってきて、直史は心の準備をした。きっともうすぐ目が覚めて、現実である下宿のダイニングキッチンに意識が戻ってくるのだろう、と。

しかし次に見えてきたのは、木造の古びた家だった。細い格子の隙間から、青白い女性の顔が見えた。

――一葉だ。

年齢は二十歳過ぎだろうか。すっかり大人になっているが、やつれている。

一葉が細い手を上げた。

つまんだ布の切れ端を、格子の隙間からはみ出させている。

どこかで見た場面だと思い、しばし直史は考えた。

——ああ『たけくらべ』だ。ヒロインが布の切れ端を格子から外に出すんだ。男の子に渡したくて用意した……。

舞台は吉原《よしわら》。いずれは遊女になる少女と、僧になる少年との淡い悲恋の物語だ。少女が大人のあかしである島田髷《しまだまげ》を結ったのを契機に、幼い二人の関係が変わる。好きだという互いの気持ちはそのままに、少女は少年を避け始める。軒先で鼻緒《はなお》を切ってしまった少年に少女は近づかず、ただ格子の隙間から紅い友禅《ゆうぜん》の切れ端を投げ出すのだ。

「信如《しんにょ》と、美登利《みどり》……」

一葉が呟いたのは、『たけくらべ』に登場する少年と少女の名前だった。

もしや、部屋で『たけくらべ』を執筆中なのだろうか。本人に話しかけてみたい、と直史が思っていると、土埃《つちぼこり》の舞う道を着物姿の少年が歩いてきた。

——小豆洗いだ。全然姿が変わってない。

一葉が端切《はぎ》れを格子から出したまま、「あれ」と声を出す。

「今日は脅かさないの、小豆洗い」

問いには答えず、小豆洗いは大人になった一葉の顔を見つめているようだ。

「よくわしを覚えていたな」

「あんな者に出会ったら、忘れない。大人になって、小豆洗いなどいないと思おうとしたけれど。直《じか》に会ったのだもの」

「夏子は、顔が細うなった」

「大人になったから」

「顔色が青い。病か」

一葉は、ふふ、と笑った。詮索《せんさく》も心配もさせない、と言っているように見えた。

「昔ほど日に当たらないから」

「この吉原で、雑貨屋をしていると聞いた」

「そう。もうそろそろ、店を開ける支度をしないとね」

遠回しに去れと命じているような言い方だったが、小豆洗いは動かなかった。

「吉原は、以前から住む者たちのつながりが深い。商いは苦労するだろう」

「さあ、どうだろうか」

一葉は言葉を濁した。小豆洗いの視線が、格子から出た端切れに止まる。

「なぜ端切れなど出している？」

「お話を書いているところだから。男の子と、紅い着物が似合う女の子のお話」

一葉は端切れを引っ込めた。

「女の子は、男の子に近づけないわけがある。でも、鼻緒を切ってしまった男の子を助けたい。どうやって、余り物の紅い布を渡そうか……」

「それで、格子の隙間から渡すのだな」

「ええ。自分でやってみていた」

「怪しいまじないかと思うた」

小豆洗いが言うと、一葉が袖で口元を押さえて笑った。

「笑わせたつもりはないが」

「あやかしが『怪しいまじない』だなんて。可笑《おか》しい」

「何とでも言うがいいよ」

一葉の笑いが収まってから、小豆洗いは格子に触れた。

「商いをしながら詩歌《しいか》などを書いて、苦労していると噂で聞いた」

「お金の苦労は、ないとは言わない。だが、書くのは苦労ではない」

有無を言わせぬ口調であった。

「書物から力を得て生きていけと言ったのは、お前だろうに」

直史は、本で読んだ一葉の来歴を急いで思い出した。

――父親の借金のせいで縁談がこわれて、暮らし向きが苦しくなったんだ、確か。

一葉が紅い端切れをもてあそんでいるのが、格子の隙間から見える。

「母の考えは変わらなかったよ。女に学問などいらぬ、と。学校は辞めさせられた」

——一葉の学歴までは、知らなかったけど……。そうだったのか。

着物を洗っていた背中を思い出して、胸が痛くなる。

父の借金、母の偏見。自分の責任ではないことで、一葉は苦しんでいる。

「私塾で歌を習い、師と友を得たのが救い。とにかく今は、紅い端切れを美登利は信如に渡せるのか、渡せないのかが悩み」

「その二人の仲は、実るのか」

「かわいそうだが実らせない」

「……そうか」

「願っても、思い通りにできぬことがある。そういうお話だから」

一葉はいったん黙りこくって、また話を続けた。

「想《おも》いを告げることも、想いを伝える物を渡すことも、かなわない。そんなお話を遺したい」

遺したい、という言葉に心臓が締めつけられる。

一葉が亡くなったのは二十四歳。格子の向こうの姿は、おそらく二十歳をいくらか過ぎているのは明らかだった。そして本人も、病の重さに気づいている。

——結核で亡くなった一葉の作家としての活動期間は、十四ヶ月。すでに『たけくらべ』を書いている最中ってことは。

一葉に残された寿命は、もう残りわずかしかない。見るのが辛い光景だった。

「こんな風に、美登利は鼻緒を投げ捨てる。雨の降る屋外へ、信如のいる方へ」

一葉はもう一度、紅い端切れを掲げた。

格子の隙間から風に乗せるようにして、ふっと落とす。

舞い落ちる端切れの行方を小豆洗いが目で追っている間に、一葉の姿が消える。部屋の奥へ行ってしまったのだ。

「行って。私はあの世行きの早馬に追われて書くのだから。時間がない」

小豆洗いは紅い端切れを拾って、誰もいない格子戸を見つめている。

「わしは知っている。夏子は、強い娘だ」

「私も知っている」

言葉だけが返ってきた。小豆洗いは端切れを握りしめ、とぼとぼと歩いていく。

直史、書いてやれないか——とククリ姫の声が細く聞こえてくる。

もうすぐ目が覚めるのだ、と直史は気づいた。

第四話・了

第五話

春は芽のもの、常の豆 後編

闇に恐ろしい怒鳴り声がひびきます。

晃《あきら》と百合《ゆり》、若い夫婦が逃げ込んだ鐘つき堂に、村人たちが押し寄せてきたのです。百合を素裸にして真っ黒な牛に縛りつけて、神様に捧《ささ》げるために。そうすれば日照りが終わって雨が降ると、村人たちは信じているのです。

「神にも仏にも、恋は売らぬ」

晃は鎌《かま》を振りかざし、村人に立ち向かいます。

けれど額に傷を負って、鎌は足元に落ちてしまいました。

晃が殺される！

その時百合は、鎌を拾い上げて叫びました。

「みなさん、私が死にます。言い分はござんすまい」

かっしと喉を掻き切って、百合が倒れます。

「晃さん——ご無事で——晃さん」

息絶えた百合を抱き、釣鐘を見上げて、晃は決心します。

龍神白雪姫を夜叉ヶ池に封じ続けるため、一日三度撞《つ》かねばならないこの釣鐘。今の鐘撞き役は自分だが、今夜は決して鐘を撞くまい。

解放された龍神はきっとこの村を水に沈めて、永き束縛の怨《うら》みを晴らすだろう……。

黙読しているうちに緊張が高まってきて、直史は顔を上げた。
青空の下、岡崎公園は手づくり市で賑《にぎ》わっている。
露店の種類は多彩で、服や雑貨やアクセサリー、漬物やホットドッグや絵本などな
ど、ありとあらゆる手づくりの店が並んでいる。
行き交う人の数が多いのは、近くにある京都市《きょうとし》動物園《どうぶつえん》や平安神宮《へいあんじんぐう》へ向かう観光客
が混じっているせいだろうか。
ソメイヨシノはほとんど散ったが枝垂れ桜は満開で、芝生《しばふ》は青々としている。子ど
もが駆け回り、着飾った人々がそぞろ歩き、コーヒーの露店には行列ができている。
ベンチから眺めているだけでもそれなりに活気が湧いてくる眺めだ。
「なーにこれ、ひどい話」
横から本をのぞき込んでいたまどかが、憤懣《ふんまん》やるかたない様子で言った。
「百合と晃がかわいそう。村人は神様を引き合いに出して弱い者を痛めつけて、憂《う》さ
晴らししたいだけでしょ」
案外的を射た指摘かもしれない。
「まどか、子どもの頃読んでなかったっけ？　『夜叉ヶ池』」

児童書の表紙には山間《やまあい》の湖と白い着物姿の娘が描かれている。タイトルは『子どもの鏡花シリーズ　夜叉ヶ池』。これも実家から持ってきた本だ。

「わたしはあんまり読んでない。ぱらぱらっと開いて、絵だけ見てた」

「そうだったな」

まどかは、直史ほど読書好きではない。思い出してみれば、小学生の頃に「金沢の作家だから」と買い与えられた『子どもの鏡花シリーズ』も、読んでいたのはほとんど直史ばかりだった。

「でも、ラストは今朝お兄ちゃんに聞いたよ。ラスボスの白雪姫が出てきて洪水を起こして、悪い村人を魚や貝に変えるんだよね？」

「今朝は簡単に説明したけど、もっとえぐいぞ」

「どんな展開？」

「まず、絶対鐘をつけないように、晃が鎌で撞木《しゆもく》を切り落とす。撞木は、鐘つきするためのでかい棒な」

「うんうん」

「で、噴火の前触れみたいにゴゴゴと山鳴りが始まる。村人が晃に、助けてくだされ、鐘をついてくだされと懇願する」

「村人、虫がよすぎ。許せん」

「鐘つき堂に上ってくる村人を、晃が鎌で切り払ったり追い落としたり」

「強いね晃。格闘家？」

「いや、家出した伯爵家《はくしやくけ》の三男。文学青年風」

「えーっ。愛の力だ」

「山の向こうからドドドと波が押し寄せるのを確かめて、晃が喉を掻き切る。直後、激しい稲妻《いなずま》をともなって白雪姫登場。鐘が落ちる」

「主役が死んでからラスボス登場？」

「そして白雪姫の家来《けらい》が、逃げまどう村人をことごとく屠《ほふ》り殺す」

「えぐーい。子ども向けの本なのに」

「挿し絵では殺される村人はシルエットになってるから、グロい絵にはなってない。血しぶきは飛んでるけど」

「グロいよ」

「とにかく、殺された村人は魚やタニシに変身して、白雪姫と家来たちは大笑いする。鐘つき堂のあったあたりは水に沈んで、淵《ふち》になる」

「晃と百合は？　無駄死にみたいでかわいそう」

「いや、死んだは死んだけど、夫婦揃って淵の守り神になって、めでたしめでたし」

「白雪姫の力？」

「うん。白雪姫も、恋人のいる剣《けん》ヶ峰《みね》へ自由に行き来できるようになる」

「鐘が水に沈んじゃったから、もう安心だね」

「晃が掟《おきて》を破って鐘つきをやめたから、封印が解放されたわけ」

「ハッピーエンドだね。村人以外」

「白雪姫が最後に出てきて、全部片をつけていく。デウス・エクス・マキナだ」

「え、何？　ギリシャ神話の偉い神様？」

「それはゼウス。デウス・エクス・マキナっていうのは、機械仕掛けの神って意味。お話の最後に出てきて、全部をうまく片づけてしまう存在」

「へえ。お話の中でそんなすごい存在になってるんだ、一葉さん」

「強いよな、この白雪姫」

直史はもう一度本を開いた。『夜叉ヶ池』の終幕の部分だ。

大きな釣鐘を白雪姫の鉄杖《てつじょう》が、ちょうと打ちます。

ゆらゆら傾いて落ちる釣鐘に悲鳴を上げる暇《いとま》もなく、村人たちは白雪姫に仕える万《まん》年姥《ねんうば》や家来たちに屠り殺されてゆきました。

「姥や、嬉しいな」

静かな夜に、白雪姫の美しい声がひびきます。

「お姫様、お姫様」

家来たちも嬉しそうに白雪姫を讃《たた》えました。

もう釣鐘による封印は解けたのです。

「姥や、村人どもはどうなった」

「魚になって、泳いでおりまする。タニシやドジョウになったのも見えまする」

白雪姫も万年姥も家来たちも、どっと笑います。

「この新しい鐘ヶ淵は、御夫婦の住まいにしよう。みんなおいで。私は愛《いと》しい人の待つ剣ヶ峰にゆくよ。もう行き通いは思いのまま。お百合さん、お百合さん、帰ってきたら、一緒に唄《うた》をうたいましょうね」

夜の雲に乗って、白雪姫の一行《いっこう》は剣ヶ峰へ向かいます。

白雪姫の起こした大水でできた鐘《かね》ヶ淵《ふち》には、あの釣鐘が沈んでいます。

晃は釣鐘の上に頬杖《ほおづえ》をついて、百合は釣鐘の胴に手を添えて、夫婦は顔を見合わせてにっこりと微笑んでいます……。

すべてを見ていたのは僧の学円《がくえん》。一緒に百合を守ろうとした、晃の旧友。白雪姫の強さと恐ろしさに打たれ、晃と百合の幸せを思い、学円はただただ、月光の下で手を合わせるのでした。


「良かったね、晃と百合……」

まどかが横合いから、泣きそうな声で言った。

「こんなに強い女神様、おれに書けるかなあ。いや書けない」

反語表現で弱音を吐くと、パーカーの胸元から白い子うさぎが顔を出し、叱咤《しった》するように見上げてきた。

「弱音か、直史」

「気が重いよククリ姫。小豆洗いに何て言おう」

「お兄ちゃん、正直に言ったらいいじゃない。鏡花さんほど一葉さんをかっこよく書けませんって」

「そんなわけにもいかない。でも正直文豪レベルの技なんて、見せられないよ」

「行き詰まってるね」

「そこで、岡崎公園に来たわけだ」

「気晴らしにはちょうどいいよね。広々して」

岡崎公園は京都市街の東のはずれにある都市公園で、下宿からは目と鼻の先だ。平安神宮、図書館や美術館、動物園、市が運営する勧業館《かんぎようかん》などがあり、手づくり市《いち》の他に大規模な祭りも年に何度か開催される。観光客にも地元民にも人気のエリアだと、直史は信介から教わったことがある。

「気晴らしだけじゃないぞ」

「狙いがあるのだな」

話の続きを急《せ》かすように、もぞもぞとククリ姫が動く。

「ああ。地元民が遊びに来る場所なら、着物姿の女の人が来る。一葉を書くためのモデルになるかもしれない」

「人間観察だね、お兄ちゃんが考えてるのは」

まどかが公園を見渡す。決して多くはないが、着物姿の女性があちこちにいる。

「わたしもああいうポップな柄の着物、欲しい。アンティークとか普段着っぽいの」

場所が露店市であるせいか、冠婚葬祭《かんこんそうさい》に着ていくような着物はあまり見かけない。セピアがかった白と紫の市松《いちまつ》模様。

黒い地に白や黄色の水玉模様。

帯に注目してみれば、大きな招き猫やキャンディなど、思いもよらぬ意匠《いしょう》もある。

「鏡花の書いた白雪姫は当然着物姿だから、何かヒントになるかと思って。岡崎公園なら伝統工芸館《でんとうこうげいかん》で昔っぽい道具や小物を展示してるし、図書館もあるから調べ物もできるし……」

「努力しておるな、直史」

ククリ姫が前足で手をつついてくる。ねぎらってくれているのだろう。

「それで、お話のあらすじは浮かんだか？」

「岡崎公園でヒントを得て、どうにかできる……と思ってたんだけどな？」

直史は背を丸め、しょんぼりとククリ姫の頭をなでた。

「どの女の人も龍神白雪姫というより、着物好きではんなりした普通の人に見える」

「お兄ちゃん、当たり前でしょ。みんなお洒落《しゃれ》して出歩いてる普通の人間なんだから」

慰めるような、しかし半分は呆《あき》れているような声でまどかが言った。

「初歩の初歩から固めてみようと思ったんだ」

まどかは「努力はすごい」と直史の背をたたいた。

「そうだ、ネットで調べたんだけど、鏡花さんの『夜叉ヶ池』は昔、映画にもなったらしいよ。日本アカデミー賞を獲ったんだって！」

「うぐっ。励まされた後のプレッシャーがつらい」

「お兄ちゃん、白雪姫みたいな女の人を書くってことは、鏡花さんとも日本アカデミー賞とも張り合うんだね……」

「追い討ちかよ」

　まどかは勢いをつけてベンチから立ち上がった。

「もうお昼だよ。ホットドッグ買って食べよう」

「よし食おう。刻んだピクルスと玉ねぎが入ってる奴、Lサイズ」

「指定が細かいね？」

「さっき屋台の前を通りかかった時、写真つきのメニューをチェックした。コーヒーとセットで五百八十円」

「お値段的にはもっとシンプルなホットドッグの方がいいよね？」

「ホットドッグはソーセージの脂とスパイシーな野菜とケチャップの三重奏をパンが受け止めるところが肝だ」

「心配して損した。書けなくて参ってるかと思ったのに」

「食べたら何とかなる。荷物とククリ姫見てるから、買ってきて」

　夕方から雨と予報が出ているので、傘とタオルも持ってきている。今日の荷物は少し多い。

「ククリ姫は、からしやピクルス平気？」

「ありがとう、うらは問題ない」

「了解、了解。五百八十円ね」

小銭を受け取ったまどかは「そうだっ」と思いついたように言った。

「お兄ちゃん、小豆洗いが書いてほしがっているのはあくまで一葉さんで、白雪姫そのものじゃないよね？」

「あ、ああ」

小豆洗いは最初「白雪姫を書いてほしい」と言った。しかしそれは「鏡花が書いた白雪姫のように、一葉を気高《けだか》く美しく書いてほしい」という意味だ。

「小豆洗いは、一葉さんのこと好きだったと思うんだけど」

「おれもそう思う」

「一葉さんの素敵なところを語り手に書いてほしいとオーダーしてるんであって、必ずしも、龍神白雪姫みたいなラスボスでデウス・エクス・マキナで強い女神様にしなくてもいいんじゃない？」

「うう……でも、おれは一葉をそんなに知ってるわけじゃないよ」

「強くて偉かったじゃん。小さい一葉さん」

ホットドッグの露店へ駆けていくまどかの後姿を、直史はぼんやりと見送った。

ククリ姫が見せてくれた小さな一葉と、成長した一葉を思い出す。

どちらも強く、幸薄《さちうす》かった。

「直史、まどかの言う通りだ。直史の見た一葉と、鏡花の見た一葉は違う」

ククリ姫が小声で言い、直史も小声で返す。

「鏡花と一葉は、仕事仲間って言ってたよな？」

「そう、文筆の腕を磨く盟友のようなものだ。病に侵された一葉を鏡花が見舞ったこともあった。生まれ年も一年しか違わぬ」

「尊敬してただろうな、きっと」

「鏡花が『夜叉ヶ池』を書いたのは、一葉が亡くなってだいぶ経った頃だ」

ククリ姫の声は少しだけ哀《かな》しみを帯びている。

「小豆洗いの話を聞いた鏡花は、もう三十路《みそじ》の終わり頃であった。『私も一葉さんは懐かしく慕わしい。うんと強い美しい、白雪の似合うお姫様にしようね』と言って、あの龍神白雪姫を書いたのだ」

「若くして亡くなった、女友だちへのはなむけ……」

「うむ。一葉の気品、綴る言葉の美しさ力強さを物語に生かすのだ、と鏡花は言うておった」

直史は胸元からククリ姫を出して、目の高さに抱き上げてみた。

「五千円札で有名な一葉、文豪樋口一葉っていう記号的なイメージじゃなくて、生身の人間の夏子さんを書けばいいのかな。どう書けばいいのか分からないけど」

ククリ姫は励ますように、ポンポンと直史の手をたたいた。

——うさぎって、猫みたいな肉球がないんだな。

妙なところに感心している自分は、やはりまだ余裕があるのかもしれない。

「二十歳を過ぎた女の人は難しそうだけど、小さい夏子さんは書ける気がする」

ククリ姫が黙って広場へ首を向けた。

まどかが両手にコーヒーの紙コップを持ち、ホットドッグの袋を腕に引っかけてこちらへ戻ってくる。

「早く早く。できたてだから。袋を早く開けなきゃ、しけっちゃう、ホットドッグ！」

「ありがとうありがとう」

直史が二人分のコーヒーを受け取り、まどかがすぐさま紙袋を開ける。

思えば、女の子なら物心ついた時から当然のように身近にいるのだった。

ホットドッグをちぎってククリ姫にも分けながら食べ終える頃、晴れた空から大粒の雨が落ちてきた。

「うわ、予報じゃ夕方からだったのに。日照り雨か」

「狐の嫁入りだぁ」

「まどか、地方によっては鼠《ねずみ》の嫁入りっていうらしいぞ」

「京都では何ていうの？」

「さあ？」

「同じやな、京都も」

「そうそう、狐さんの嫁入り行列が近くを通ってんねん」

笑いまじりの声が通り過ぎる。着物姿の女性二人が、手をかざして身を寄せ合い、雨粒を避けるようにして歩いていくところだった。

「あ、あのっ！」

直史は自分のビニール傘をつかんで立ち上がっていた。

「傘、良かったら使ってください。もう一本あるんで」

着物の二人組は「え？」「ええの？」と驚いている。

「よく知らないけど、着物って濡れたら大変かなと。だよな？」

とまどかを振り返る。

「どうぞ、使っちゃってください！」

まどかが両手を差し伸ばして勧め、二人組はにこりと傘を受け取った。

「学生さんから物もろうて悪いし、お裾分《すそわ》けしよ。封したまんまやし、安心しよし」

布のバッグから紙袋を取り出し、直史に渡す。

「手づくり市で買ったマドレーヌ。うさちゃんにもあげて」

「あ、ありがとうございます。ほらお礼言って」

直史はククリ姫の前足をつまんで、挨拶のように振ってみせた。

「おおきにー」

相合《あいあい》傘で、着物姿の二人は去っていく。

陽光を受けて雨粒がきらきらと光る。

「お兄ちゃん、いいことしたよね」

まどかは残ったもう一方の傘を開いて直史とククリ姫に差しかけ、紙袋を開いた。

「わあ、プレーンとココアと栗《くり》と、三つも入ってる！」

「栗のマドレーヌなんてあるんだ」

「山の幸って素敵」

「もらっちゃって良かったのかな、こんなに？」

「それだけ大事な着物だったんじゃない？　あの人たちの着物、アンティークっぽかったもの」

個包装された小さな貝型のマドレーヌは、それぞれ「プレーン」「ココア」「栗」とシールが貼られ、生地の色も違う。

「ご馳走だよなあ、種類が揃ってるって」

「実はおやつがほしいと思ってたんだ、さっき」

まどかがちょろりと舌を出す。

「こっちもびっくりしてるけど、さっきの人たちも突然傘を貸してもらえて驚いたと思うよ。それこそ、狐につままれたみたいに」

「狐なぁ」

何かがひらめきそうで、ポケットを探る。ミニサイズのメモ帳とペンを出し、雨に濡れないようにして書きつけてみる。

狐、狐の嫁入り、小さい夏子さん（可愛い）、小豆洗い（親切）、ご馳走色々。

「どうしたの、お兄ちゃん」

「何か書けそうな気がする」

もどかしい思いでメモを睨んでいると、胸元でククリ姫がもぞもぞと動いた。

「直史は、点を線で結ぶようにして、書くのかもしれぬな」

「どういうことだよ？」

「題材を理屈でくるのだ。鏡花もそうしていたと思う」

「題材は、一葉や小豆洗いだな。理屈は……？」

直史が唸《うな》っているうちに、日照り雨が止《や》んだ。

まどかがすかさず傘をたたむ。

「物語を支えてる理屈は……誰かが抱いている気持ちだと思うよ。小豆洗いが一葉さんに惚れ込んでいる気持ちだとか、小豆洗いを大人になっても覚えてた一葉さんの気持ちだとか」

確信に満ちている妹の顔を、直史は凝視してしまう。

「わたしだって学園ものの四コマ漫画を描いた時、学校で友だちに会えて楽しいって気持ち、大事にしていたもの」

紙芝居のようにいくつもの場面が脳裏で入れ替わる。強気な幼い一葉、お経に苦悶《くもん》してみせる小豆洗い、迷い犬のそばにいた小豆洗い。

「いいこと聞いたぜ先輩。いや、一語ミカン先生っ」

直史が握手を求めて手を出すと、まどかはペチリとはたき落とした。

「その呼び方は不許可」

命じながらも、まどかの顔は笑っていた。

＊

お夏と小豆洗い

「小豆取って食おうか、人取って食おうか」

おかしな歌が聞こえてきて、お夏は川べりで立ち止まった。

ジャク、ジャク、と小豆を洗うような音も聞こえてくる。

川上の山でわらびを採っているおじいとおばあに、これから昼の弁当を届けにゆく。

弁当の握り飯には少し小豆が入っている。小豆は魔除けで、元気の素だ。

食われては困る。

空は晴れているけれど、芥子粒《けしつぶ》のように細かい雨がぱらぱらと降ってくる。

「小豆取って食おうか、人取って食おうか」

大人の背丈ほどもある茂みから歌声は聞こえてくる。

お夏は、足元の石を見た。弁当箱と同じくらいの大きさだ。

「小豆、取って食え！」

お夏は弁当箱を包んでいた布で大きな石を包むと、茂みに向かって放り投げた。茂みからにゅっと二本の腕が出て、落っこちる偽の弁当を捕まえた。

「ぐわっ、重い！」

叫び声が上がった。振り返らずに、お夏は川岸を走りだした。

しかしすぐに「おおい、おおい」と声が追ってくる。

「追っても無駄だ。小豆は、おじいとおばあが食べる！　お前には、やらない！」

「待て待て。包みを返す！」

鞠《まり》のような丸い物がお夏の頭上を越えて、ぽーんと飛んでいく。

目の前に落ちたのをよく見ると、弁当を包んでいた布だった。結び目を作って、飛ぶようにしてあったのだ。

「だまされないっ。中に蛇か何か隠してるんだっ」

お夏は布を拾わずに、そのまま川に沿って走った。

足音が間近に迫ってくる。

行く手にかかった橋の上を、行列が渡り始めるのが見える。

行列の素性《すじょう》も分からないまま、助けて、とお夏は叫ぼうとした。

「あれは狐の嫁入りだ」

真後ろで言われて、お夏は思わず振り返った。

十五歳か十六歳くらいの男が一人、両手で布を広げて立っている。

「疑《うたぐ》り深い子じゃ。蛇も何も隠しておらんよ」

男が目の前でくるくると布を丸めて、お夏に「ほい」と投げ渡した。

「しゃがめ、絶対に喋るな。狐の嫁入りを邪魔すると怒りにふれる。嫁入り先へのみやげにされるかもしれん」

お夏はすぐにしゃがんだ。

茂る草の間から見てみると、花嫁を間に挟んで、立派な着物を着た狐たちが橋を渡ってゆくではないか。

二本の足で立っているけれど、顔はみんな鼻先のとがった狐だ。うっかり金色の尻尾を出している者もいる。

口を押さえて息を潜めて、お夏は行列を見送った。

「もういいぞ」

男が立ち上がって、伸びをした。

「狐の嫁入りがあるから、橋のあたりに近づくな……と普通に言いふらしてもみな信じないのでな。こうして脅かしているのだ」

お夏は、そうだな、信じないだろうな、と思った。

「もう行っていい？　川上でおじいとおばあが、わらびを採ってる」

「もう良い。しかし早めに家に帰れよ」

「お前は誰？」

「小豆洗い」

「また会える？」

「お前のような勇ましい子は、脅かしても意味がないなあ」

冷たく言われたが、勇ましいと言われたのは悪くないとお夏は思った。

「しかし、お前が困った目に遭えば助けてやらぬでもない。今日は面白かったから」

そう言って小豆洗いは背を向けると、来た道を歩き出した。

「今日は、ありがとう」

お夏が礼を言うと、小豆洗いは手を振って去っていった。

それから十年ほど経って、お夏は嫁に行くことになった。

けれど、ささやかな祝言《しゅうげん》の宴《うたげ》に出すご馳走がない。

一家で頭を悩ませていたところ、軒先にどさっと大きな音がした。

外に出てみると誰もおらず、小豆や栗の実、干し魚、山芋、薪《まき》が置かれていた。

それでご馳走を作り、お夏と婿《むこ》は無事に祝言を挙げることができた。

あれはいったい誰がくれたのだろうと話題になると、お夏は必ず、昔の友だちだと言って笑うのだった。子どもができてからも、孫ができてからも。

＊

ダイニングキッチンのソファでレポートを書いていると、玄関の開く音がした。

「ただいまー」

まどかの声に加えて、

「また、邪魔するぞ」

と小豆洗いの声も聞こえてくる。

「さっきそこで一緒になったんだよ。ねっ」

「夕餉《ゆうげ》に間に合うと良いのだが」

部屋に入ってきた小豆洗いは、両手が荷物でふさがっていた。

一方は、手提げの紙袋。どこかの和菓子店で何かを買ったようだ。

「絵物語の礼だ。小さな店だが、甘い茹で小豆を安く分けてくれる」

もう一方は、布包みだ。何かを布でくるんで両端を紐で縛ってある。

「丹波《たんば》で採れた小豆だ。あちらで買ってきた」

直史は両方を受け取って、食卓に置いた。

「ありがとう。遠くなかったか？」

「問題ない、クロハどのが運んでくれた。一昨日《おととい》の夜『お夏と小豆洗い』が発表されてすぐに」

夜間、カラス天狗に抱えられて空を飛ぶのは怖いだろうか。それとも気持ちが良いだろうか。体験してみたい気もする。

「読んでくれたんだな」

「うむ。花送どのの宿で読んだ」

小豆洗いは、嬉しそうだった。

「弁当に見せかけた大石をわしに向かって投げるとは。夏子ならやりかねん」

「コメントがついてたよ。『最強幼女』って」

「わしも見た。読み手にも夏子の強さが伝わったか」

直史は、ノートパソコンであらためてブログを開いてみた。

一昨日の夜アップされた『お夏と小豆洗い』には、まどかの挿絵が三枚ついている。

川べりで弁当を抱えているお夏。

茂みから伸びる腕を直撃する大きな石、舞い飛ぶ風呂敷《ふろしき》。

そして、栗の実や小豆や、山芋、干し魚を抱えた優しい表情の小豆洗い。

「まどかはこの絵を三時間で描いたんだ、早いよな？」

直史が同意を求めると、小豆洗いは「むむう」と唸った。

「妹まで三時間も働かせてしまったか。直史はどうだ」

「おれも三時間くらいだけど、絵の方が大変じゃないか？」

まどかは首を傾げる。

「これはお絵描きソフトで描いてるから、アナログよりは楽。そういえばククリ姫、どこ行ったの？」

「二階で寝てる。ご飯の匂いに誘われて降りてくるよ、きっと」

パソコンに目を戻すと、新たなコメントがついていた。

しかし直史は、後頭部を米袋でどつかれたような衝撃を受けた。
ひどく否定的な——直史にはそう感じられた——コメントが一つついていたからだ。

妖怪と女の子の話なのに人情話になっていますが瓜子姫《うりこひめ》のお話をご存じですか？

瓜子姫は妖怪あまのじゃくに皮を剝がれます。民話に残虐さはつきものですよ。


——知ってるよ、瓜子姫の話くらい。人間になり代わろうとしたあまのじゃくが、瓜子姫の皮を剝いでかぶるんだろ。

暗い気分になってきた。瓜子姫が皮を剝がれるような残虐なシーンを求められているのだろうか。

——感じ方は人それぞれだけど、納得できない。

ここで画面を閉じたら負けのような気がして、直史はコメントを読み直した。

——どうしておれが瓜子姫の話を知らないような書き方をするんだろう。どうして、妖怪と人間の関係は残虐なものだと思い込んでるんだ？

「お兄ちゃん、どうしたの？」

まどかに聞かれて、どうしよう、と思う。このコメントを妹に見せたくない。

お夏のために山の幸を抱えてきた、優しい面立ちの小豆洗いを描いたのはまどかなのだから。

「お腹痛い時みたいな顔になってるよ？」

軽い足取りで寄ってきたまどかは、画面を見て動きを止めた。

黙っている。

言葉をかけるべきか直史は迷ったが、結局口を開いた。

「こういうコメントはおれ宛《あ》てだから。まどかは絵を描いてくれただけだから」

まどかは無言でダイニングキッチンを出ていったが、足音はすぐに止まった。二、三十秒ほど間をおいて、廊下から戻ってくる。

「夕ご飯を手伝う気力がないけど、ここにいていい？」

意気消沈《いきしょうちん》した声で言う。

「いいよ。休んどけ休んどけ」

むしろ、気落ちしている時に包丁を扱わない方がいい、と思う。

まどかが窓際のソファで寝転がるのを見届けて、小豆洗いが太く息を吐いた。

「いかにも、気の悪い書きぶりだ。このコメントとやら」

まっすぐな眉をまっすぐなまま高く吊り上げて、憤る。

「瓜子姫の話が好みならば、そう思っておればよい。直史とまどかに伝えるのも、まあ良かろう。しかし『ご存知ですか？』などと、まるで直史が無知であるかのような書きぶりはどうだ」

「あ、うん。知らないと決めつけてる書き方だと思う」

「自分が無知で恥をかいた覚えがあるから、他の人間を無知だと決めつけるのだ、こういう手合いは」

「えっ、そうなのか」

小豆洗いの突き放したような物言いに驚く。

「でも、無知で恥をかいたら、次から間違えなきゃいいんじゃないのか」

「おお、直史。名前の通り素直すぎて危うい」

小豆洗いは嘆くような声を上げ、直史の肩に手を置いた。

「誓っても良いぞ。こういう言葉で誰かを貶《おとし》める人間は、自分と同じ惨めな思いを味わわせようと、獲物を血眼《ちまなこ》で探しておるのさ」

「大昔から生きてるあやかしに言われると、信じそうだ」

「信じろ」

小豆洗いは、肩から手を離してまどかを顧みた。

「そういう心根の人間は、まどかの描いたような優しい絵を見ると、よけいに恥ずかしさを覚え、腹を立てて人を傷つけるものだ。心の底では自分の醜さが分かっておるからな」

自分よりも年下に見える小豆洗いの顔は、うっすらと怒りをにじませていた。

今までに人間の醜さに触れることが幾度もあったのだろう、と直史は思う。

「そういう心根の人間に会ってもさ」

直史は慎重に言葉を選ぶために、黙った。

小豆洗いが「何だ」と尋ねる。

「そういう人間に会っても、まどかの絵を褒めてくれて、おれの肩を持ってくれて、ありがとう」

小豆洗いは笑顔で「おう」と返し、

「小豆飯を作らないか」

と提案した。一息で気分を一新させたかのように。

「丹波の大納言《だいなごん》小豆でな、ふっくらしたのを炊こう」

「今から？　一晩水に漬けたりしないのか」

「いや、その日のうちに炊けるぞ。普通の飯より二十分ほどは余計にかかるが」

「そんだけ？　じゃあ、やってみる」

「うんうん、では小豆を下茹でしよう」

腕まくりして、小豆洗いは流し台に向かった。直史もエプロンをつける。

「小豆はな、大豆《だいず》や金時豆《きんときまめ》のように一晩水に浸けなくても良いのだ」

「知らなかった。小さいから？」

「というより、へその問題だな。豆はこの、へその部分から水を吸うのだが」

小豆洗いは、赤くつやつやした大粒の小豆を包みから出した。

白っぽい筋が一本入っているのが、小豆洗いの言う「へそ」だろう。

「小豆はここから水を吸うのが遅い。へその一部が水を吸い込むのだが、その部分が小さいからだ。一晩だけ浸けると中途半端《ちゅうとはんぱ》に膨らんでしまって煮えムラができる。一粒の小豆の中に、固い部分と柔らかい部分ができてしまうのだ」

「二晩浸けると？」

「水気は全体に回るが、そんなに浸けていたら腐る」

「難しいなあ」

「だから一気にやるのだ。下茹でして、すぐに米と一緒に炊く」

小豆洗いはボウルに小豆を入れ、ジャクジャクと音を立てて洗い始めた。

直史は隣で米を研《と》ぐことにした。下茹でが終わる頃に吸水が済むだろう。

小豆洗いが野菜かごに目を止めた。

「あのさつま芋を一本使っても良いか？　小豆を多めに下茹でして、半分をいとこ煮にしたい」

「うん。作ろう」

かぼちゃのいとこ煮なら食べたことがあるが、さつま芋もそう呼ぶらしい。

「悪いな小豆洗い、食材だけでなく手伝ってもらって」

「何の何の。夏子もわしも書いてもろうて、元気が満ちている。あの物語を読んで気づいたが、夏子の思い出もわしの一部なのかもしれん」

小豆洗いは小豆を鍋に入れて、水を注いだ。

「どんな豆も、煮汁から露出せぬよう茹でねばならん。皮にしわが寄るからな」

しっかり豆がかぶるだけの水を入れ、コンロに載せる。

「こうして軽く下茹でしてから米と一緒に炊けば、芯《しん》が残らない」

「全然知らなかった。ちょっと悔しい」

小豆洗いは不思議そうな顔を向けた。

「親も一緒に週一で凝った料理は作ってたけどさ。小豆は使わなかった」

「親御どのは小豆が嫌いか？」

小豆洗いがしょんぼりと言うので、慌てて「違うよ」と答える。山野家の『本気ご飯』の趣旨を、説明せねばならない。

「ネットで和食器店のお客さんに見せるためのご飯なんだ。同じ豆なら、緑色のえんどう豆や空豆、枝豆《えだまめ》、正月の黒豆《くろまめ》の方が色がはっきりしてるから」

「そうか」

「普段は食べてたよ。母さんが茹で小豆のパックを買ってきて、それでカボチャのいとこ煮やぜんざいを作ってた」

「うむ」

「ただ、煮える前の小豆は赤いけど、火が通ると色が薄くなるから」

「ん？　それは普通の小豆の話だ。丹波の大納言小豆は、煮ても赤みが残っているぞ」

鍋の中がくつくつと沸いてきた。

小豆洗いが「よし」と火を弱める。

「春は芽のもの、常《つね》の豆《まめ》。春は芽のもの、常の豆」

「何だ、それ？」

「うまく豆を煮るためのまじない唄だ」

直史は真似してみたくなって、鍋の中を見つめながら唱えてみた。

「春は芽のもの、常の豆。春は芽のもの、常の豆」

湯の中で踊る小豆はいつの間にか丸みを帯びて、膨らんでいる。コメントのためにささくれていた気分が和らいでいくのに直史は気づいた。

「この唄は、四季を通して飯を作るための覚え唄でもある。全部唄うとこうだ」

春は芽のもの、常の豆
夏は水のもの、常の豆
秋は実のもの、常の豆
冬は根のもの、常の豆

「昔から人間たちが言っていることだが。春は、タケノコ、たらの芽、ふきのとうなど芽のもの。夏はナスやキュウリのような水気を摂れるもの。秋は栗や柿《かき》の実。冬は大根やカブを食べると良い」

「旬のものを覚えられる唄だな。『常の豆』は?」

「豆は常に食べると良い。わしが小豆の精だからひいきして作ったわけではないぞ」

「分かるよ」

春はえんどう豆のご飯、夏は冷ややっこ、秋冬は湯豆腐、正月に黒豆。

思えば一年中、豆を食べている。

煮立って二十分ほど経った頃、小豆洗いはコンロの火を止めた。

鍋の湯がうっすら赤くなっているが、大納言小豆もまだ赤い。

「大納言は火が通っても良い色を保つから、京菓子に使われる」

「ひょっとして、京の都人《みやこびと》が食べるから『大納言』？」

「ちと違うな」

苦笑しながら小豆洗いは、鍋をコンロから下ろした。「この煮汁は米を炊くのに使う」と注釈を入れながら。

「大納言小豆は、煮ても皮が破れにくい。切腹で腹を破る武士とは違って、大納言の官位を持っている、という意味で大納言と呼んでいる」

母親が作ってくれたぜんざいの小豆が、ほろほろと煮崩れていたのを思い出した。

「母さんが作ったぜんざいは、切腹した武士の集まりなのか……」

「お兄ちゃん、スプラッタな発言やめて」

ソファでうずくまった状態のまま、まどかが言った。

「へい」

声からすると少し回復しているようで、安心する。

研いで水気を切った米を炊飯器の内釜に入れ、粗熱《あらねつ》の取れた煮汁を注ぐ。

小豆の半分は鍋に入れ、水を足して火にかける。炊飯器で小豆ご飯を炊いている間に、鍋でいとこ煮を作る段取りだ。

次は、さつま芋を切る。一センチ程度の輪切りが適当だろう。

「小豆洗いは、もともと小豆の精なんだって？　ククリ姫も言ってたけど」

「いかにもわしは、小豆の精だ」

「それがどうして、妖怪小豆洗いになったんだ？」

「人間たちが『小豆を食べると精がつく、魔除けだ、病を祓える』と言うてくれたので、嬉しかった。だから、小豆洗いの音を出して危ない場所から追うなどして礼をしておったわけだ」

「結果、妖怪小豆洗いと呼ばれるようになった？」

「うむ」

「お礼したせいで妖怪呼ばわりされちゃってるのか。損じゃないか」

「構わんよ。実は、驚く人間たちもなかなかに面白い」

「ドSって言うんだぞ、そういうの」

「否定はしない。ところでさつま芋だが」

　輪切りにされたさつま芋を見て、小豆洗いは思案顔をする。

「もったいないが、面取りをした方が良いぞ。互いに煮崩れないように」

「ふろふき大根を作る時みたいに？」

　大根やカボチャなど、煮崩れやすい具材は包丁で角の部分を削り取る。輪切りにされたさつま芋に面取りをしてみると、大型のおはじきのような姿になった。

「手慣れておるなあ。小さい具材の面取りは難しいのだが」

　褒められると面映《おもは》ゆい。

　さつま芋が一つ一つ丸みのある姿に変わっていくのを見て、ふと思いつく。

「あのコメントは、角《かど》だったのかもしれない。コメントした人の」

「あやかしと人の関わりは、残虐なものだ、という言葉か」

「うん」

　この時初めて直史は、あのコメントで小豆洗いもまた傷ついたのではないか、と思い至った。

「あの人にはきっと、残虐さがあやかしには付き物だって信念があって……その信念は、包丁を入れて削るくらいの手間をかけないと消滅しないくらい強固なんだと思う。

その人にとっては、当たり前」

「切ったさつま芋に角があるくらい当たり前、か」

小豆洗いが笑む。険のない笑みだった。

まどかはソファに転がってじっとしている。黙って聞き耳を立てているのだと、直史は感じ取った。

煮え続けている小豆にかぶせるようにして、面取りしたさつま芋の輪切りを置いていく。塩だけ振って余分な味はつけない。蓋をして弱火で五分。後は余熱で柔らかくなるだろう。

まどかがむくりと起きだして、ガス台に寄ってくる。

「野菜で付け合わせ作るよっ」

声も表情も、元気を取り戻していた。

「小豆洗い、どんなのが合うか教えて?」

「そうさなあ。小豆飯もいとこ煮もほくほくしているから、さっぱりした物かな」

「まどか、冷蔵庫に白菜《はくさい》と大根がある」

さっぱりと食べるにはどうすれば、と考えつつ言葉を継ぐ。

「白菜を塩で揉《も》んで、おろした大根と和える。花かつお、白すりごま、醬油をかける。仕上げに一味唐辛子」

白っぽい料理には一味唐辛子。花送が出してくれた京都の治部煮と同じように。

「うん、そうする。命名『白菜のおろし薬味《やくみ》和え』」

まどかは切った白菜に塩をもみ込むと、棚から白玉粉《しらたまこ》、冷蔵庫から黒ごま豆腐を出した。

「白菜が塩でしんなりする間に、デザートを作って進ぜよう。名付けて『黒ごま豆腐のぜんざい』」

白玉粉を練って茹で始めたかと思うと、まどかは黒ごま豆腐を深皿に入れて電子レンジにかけた。

「たぶん二分くらいかなっ」

まどかは小豆洗いの持参した茹で小豆を、おはぎ一個分ほど取り出した。

ピー、と電子音が鳴る。レンジから出された物を見て、直史は息を呑んだ。

黒くどろりと溶けて原型を失った黒ごま豆腐から、泡がボコ、ボコと立っている。

「何これマグマ？　焦熱地獄？」

「味は問題ない、はず。思いつきで作ってるから分からないけど」

まどかが蜂蜜《はちみつ》をひとさじ、マグマの中に落とす。

「混ぜといて、お兄ちゃん。混ざったら器に分けて。ククリ姫の分も四つ」

蜂蜜と黒ごま豆腐は、案外きれいに混ざった。汁椀よりも一回り小さな丸い小鉢にとろとろと取り分けていく。

「はい、白玉団子入りまーす」

白玉団子を三つずつ載せ、その中央に茹で小豆を載せる。マグマのようだったそれは、まどかの言う通り「黒ごま豆腐のぜんざい」となっていた。

「食べる時は、混ぜながらの方がおいしいと思うよ」

まどかは深皿に残っていた黒ごま豆腐をスプーンですくって舐《な》め、笑顔になった。

炊飯器が炊きあがりを知らせる。

直史が蓋を開けると、まどかが「きれい、桜色！」と声を上げた。

炊けた大納言小豆はほとんど皮が破れず、深い赤色のままだ。一粒一粒がごく小さい菓子のように思えた。

薄紅色に染まった白飯は、花曇りの下で満開の桜並木を眺めた時の色に似ていた。

「小豆ご飯は白い茶碗に盛ろう」

しゃもじで全体を混ぜていると、胸をくすぐるような甘い香りが立った。

階段を下りる、ト、ト、トという足音がする。うさぎの足音だ。

「祝い事の香りがするぞ」

「ククリ姫、小豆のご飯だよ」

まどかが呼ぶと足音が早くなり、人間の姿になったククリ姫が顔を出した。

支度が進む食卓を見て、黒い瞳がきらめく。

「素晴らしい……だが、手伝えずすまぬ」

喜びと悲しみのまざった憂い顔に、直史はつい笑ってしまった。

いとこ煮のさつま芋は、小豆の色に染まって薄いオレンジ色に仕上がった。

白菜の薬味おろし和えに合わせて、焼き麩の吸い物を作る。

黒ごま豆腐のぜんざいを食べ終える頃には、すっかり「これからも書けばいい」という気持ちになっていた。

＊

翌日、午前の講義が終わる頃にメールが届いた。信介からだ。

この前教えてくれた、いもねぎを昼に食べたい！

別の大学から友だちが来てるんだけど、三人で行かない？


今いる教室の番号も添えて「いいね」と返信する。

しばらくすると、信介が背の高い青年を連れて入ってきた。

「早いなあ」

「近くにいたんだよ。この人、ガッさん。高校からの友だち」

「いきなりあだ名で紹介しなや、信介君」

肩幅の広い青年は、のんびりと笑った。

「ほんまは衣笠《きぬがさ》。よろしく」

「ああ、よろしく」

衣笠で、ガッさん。直史で、直やん。信介がつけるあだ名の規則というか法則が、分かったような気がする。

「直やん、見たよ。『お夏と小豆洗い』」

「あー。メルヘンでびっくりしたろ？」

「いやいや、良かったよ？」

「ありがと。でも、こういうコメントがついてさ」

自分も落ち込んでいたことは黙っておきつつ、ノートパソコンでブログを見せる。

「挿絵を描いた妹がちょっと落ち込んじゃって。今は元気だけど」

「妹さん？　僕に紹介してくれへん？」

「ガッさん」

衣笠の肩を裏拳《うらけん》でパンとはたいてから、信介が画面を覗き込む。

「あああ……。あった、あったよこういうの……」

信介は画面を睨んで、うなっている。声をかけるのがためらわれるほど、辛そうな様子だ。

「え、あの、衣笠君」

説明を求めて、直史は衣笠を見た。

「ガッさんでええよ。ごめんな、この子ちょっと怨念《おんねん》思い出したみたいや。おまけに真正面しか見えへんいうか熱中すると周りが見えへんいうか」

——子呼ばわりか。

力関係が謎である。

衣笠が「ほい、怨念落とすでー」と言いながら信介の背をはたく。

「いてっ。直やん、ごめん説明する」

垂れ気味の細い目に理性的な光が戻っている。衣笠の手技で立ち直ったようだ。

「ちょっと『かんなぎ時代小説大賞』ってサイト見てくれる?」

「ああ」

どこかで聞いたことがある。地方出版社の主催する賞だったたか。

「これ。『第十回　講評』ってとこ、見て」

「ああっ」

短編部門　最終候補　大塚信介（十八歳）『佐藤忠信《さとうただのぶ》』

「信介、載ってるよ、おい。十八歳って」

「信介君な、高校三年の春に応募して、最終候補になったんや」

「すごいな、すごいよ信介」

他の候補者は四十代や五十代が多い。信介の次に若い候補者は三十代だ。

「ありがと。講評の真ん中へん、読んでみて」

信介の短編『佐藤忠信』への審査員による講評は、若さと文章力、主人公の五感まで細やかに表現する描写力への賛辞で始まっていた。

驚嘆と軽い羨望《せんぼう》を覚えつつ、先へ進む。


……しかし、この佐藤忠信は「いい人」すぎはしないか。

主君・源義経の身代わりとなり、雪降る吉野山《よしのやま》で多数の敵に囲まれる、そんな決死の戦いにおいて、一片たりとも運命を呪《のろ》う気配がない。主君の猪突猛進《ちよとつもうしん》ぶりを、世間知らずな面を呪うこともない。

人間描写の浅さを克服することが、若い作者の今後の課題だろう。


「浅さっ？　なんだこれ悔しいな」

「分かるか、直やん。悔しかったよ」

「分かる。この佐藤忠信のことは初めて知ったけど、要するに『現実の人間はもっとドロドロしてる』って言ってんだろ？」

ノートパソコンをしまい込みつつ、信介に同情する。

ブログに寄せられたあのコメントの主張とよく似ている。

世界は、もっと醜いのだと。

「運命を呪ってる場合じゃないんだ、忠信は」

教室の外へ向かいながら、信介は遠い目をした。

「忠信は、主君を助けて自分も生き延びたんだよ。これ史実」

「討ち死にしなかったのか、すごいな」

「そんな強い武者が、自分から『主君の身代わりになる、一人で敵を防ぐ』って申し出たんだよ？　色々と呪ってたら、かえっておかしいよ」

「信介君と審査員とで、人間観がちゃうんやねぇ」

衣笠がのんびりした調子で言う。

外は良い天気で、初夏の前触れのあたたかく湿った風が吹いている。

「あの時はすっげえ悔しかったよ。だから図書館で資料になりそうな本探して、さっそく新作に取りかかった。長編だからまだ途中」

「頭下がるわぁ。受験勉強しながら小説書いて現役合格するんやから」

悔しかったら、新作。

すごいな、と直史は驚いてしまう。

「やめようと思わなかったのか？　あ、失礼だったらごめん」

信介はきょとんと目を見開いた。

「やめるって、何で？　直やん」

「審査員の人にこういう風に言われて、やめたくなったりとか……意地悪く聞こえたら、すまん」

「やめる理由にならないから。審査員の酷評は」

信介は平然としている。

傲慢とも取れるその言葉に、直史は顎が外れそうになった。次いで、キャンパスに花が降り注いでも冷静だった肝の据わりようを思い出し、納得する。この胆力はもしかしたら、酷評を乗り越えることで培《つちか》われたのかもしれない。

「前しか見いひんのが信介君のええとこやで」

「ガッさん、遠回しに俺のこと馬鹿って言ってない？」

「いや、ウマシカいうより、猪突猛進するイノシシ？」

「何だって？」

小突き合う二人をなだめながら、直史はいもねぎの店に案内した。

前回と違い、いもねぎ定食には小さな冷ややっこもついてきた。上にはちょこんと濃い緑色の佃煮《つくだに》のようなものが載っている。

「これ何ですか？」

直史が聞くと、店員は「ふきのとうみそですよ」と答えた。

「店長が多めに作ったものですから。今日来たお客さんにだけ、お裾分けしてます」

「おおきに。じゃあ僕、半分は白ご飯につけて食べよ」

衣笠はふきのとうみそを食べ慣れている様子だ。

信介は猛然といもねぎを口に運んでいたが、ふと思いついたように小鉢を持ち上げて、ふきのとうみその匂いを嗅ぎはじめた。

「春はほろ苦い食べ物が多いね。ふきのとう、たらの芽、つくし、タケノコ」

信介が羅列すると、衣笠が「せやで」と頷いた。

「春は芽のもの、っていうんやで。冬を耐え忍んで芽吹いたもん食べると体にええって、ばあちゃんが言うてはった」

直史はふきのとうみそと一緒に豆腐を切り崩し、口に運んだ。

ふきのとうの苦み、味噌の塩気、豆腐の甘みが溶けあう。

――春は芽のもの、常の豆、か。

「夏は水のもの、だよな」

「せやね。金沢の人も知ってはるんやな」

感心した風に衣笠が言う。

「東京生まれの俺も知ってる」

「僕に教わったからやろ」

信介と衣笠は一瞬だけ睨み合ったが、再びそれぞれのいもねぎを食べ始めた。

「白飯に合うねえ、ほかほかのいもねぎ」

「なんなら僕、もう一皿いけるわ。ご飯もおかわりで」

「そんなに食ったら昼の講義で眠くなるぞ、ガッさん」

「いもねぎだけもう一皿頼んで三人で分けよう」

直史が提案すると、二人とも即座に同意した。

「じゃ、おれ注文してくるよ」

「ありがとー」

「おおきにー」

席を立つと同時に、スマートフォンに着信があった。まどかからのメールだ。

階段へと向かいながら、メールを開いてみる。

お兄ちゃん、祇園で春のムース作りたいって言ったの覚えてる?

簡単なのだけど、授業で作りました!

ベリーソースで何を描いてもいいって先生に言われたから、ククリ姫にしちゃった。

名前は『春のうさぎ』！

添付された写真は、雪うさぎに似た洋菓子だった。

白くころりとしたムースに赤いベリーソースで耳とつぶらな瞳が描かれている。

添えられた薄紅色のクッキーは、桜の花の形に型抜きしてあった。

――帰ったら、ククリ姫に見せよう。

いや、その前に信介と衣笠に見せてみようか。

階段を下りる直前、窓の外を見た。

青空が広がっている。

京都で過ごす春を、幸福だ、と直史は思った。

第五話・了

あとがき

この本を手にとってくださって、ありがとうございます。

現在継続中のシリーズ『からくさ図書館来客簿《としょかんらいきゃくぼ》』第五集のあとがきで触れた、新作をお届けいたします。

部分的に同じキャラクターが登場するのでもうお察しの方もおられると思いますが、このお話は「からくさ図書館のある京都」が舞台です。

古典や歴史を多く織り込んだ『からくさ〜』を上生菓子にたとえるならば今回の新作はどら焼きのようなもので、より気軽に読める構成になっています。

平安時代の文人・小野篁《おののたかむら》の事績を踏まえた『からくさ図書館来客簿』。明治時代に生まれた文人・泉鏡花の作品を踏まえた『あやかしとおばんざい』。それぞれ単体で味わうこともできますが、両方をお楽しみいただければ幸甚《こうじん》です。

第二話で説明されている通り、おばんざいとは「ふだんのおかず」を指します。「ばん」は番茶の「番」と同じで、日常味わうものを意味するという説もあるそうです。

あやかしたちの命を支えるのが物語であるように、ふだんの食事は人間の命を支える、という思いから『あやかしとおばんざい』は生まれました。

第五話で小豆洗いが歌う「春は芽のもの、夏は水のもの、秋は実のもの、冬は根のもの」という部分は、土井善晴《どいよしはる》先生の著作『おいしいもののまわり』にあった旬の覚え方を使わせていただきました。また、作中の料理の一部は大原千鶴《おおはらちづる》先生の著作を参考にしています。『子どもの鏡花シリーズ』は架空の存在ですが、子どもが読める鏡花作品、という発想は中川学《なかがわがく》先生画・東雅夫《ひがしまさお》先生監修『絵本　化鳥』から得たものです。

なお、いもねぎにはモデルがあります。かつて御苑近辺にあった「わびすけ」様の同名の人気メニューです。現在は「おうちごはんｃａｆｅ　たまゆらん」様がアレンジを加えて提供しておられます。

デビューから五年、おかげさまでようやく刊行ペースが上がって参りました。

読者の皆様、担当編集の清瀬《きよせ》様、今回も装画を担当してくださったユウノ先生、デザインを担当してくださったＡＦＴＥＲＧＬＯＷ様。宣伝・流通・販売に携わっている方々。お世話になっている皆様に、この場をお借りして心から御礼を申し上げます。

仲町六絵《なかまちろくえ》

主な参考文献

『草迷宮』
泉鏡花 著／岩波書店

『夜叉ヶ池・天守物語』
泉鏡花 著／岩波書店

『絵本 化鳥』
泉鏡花 著　中川学 絵　東雅夫 監修／国書刊行会

『泉鏡花──百合と宝珠の文学史』
持田叙子 著／慶應義塾大学出版会

『草叢の迷宮 泉鏡花の文様的想像力』
三品理絵 著／ナカニシヤ出版

『日本の作家100人　泉 鏡花──人と文学』
眞有澄香 著／勉誠出版

『泉鏡花──百合と宝珠の文学史』
持田叙子 著／慶應義塾大学出版会

『忙しい人でもすぐに作れる
冷めてもおいしい和のおかず』
大原千鶴／一般社団法人 家の光協会

『京都のごはん よろしゅうおあがり』
大原千鶴 著／学校法人文化学園 文化出版局

『ジャパノロジー・コレクション　京料理 KYORYORI』
千澄子 後藤加寿子 著／KADOKAWA

『泉鏡花　美と幻影の魔術師（別冊太陽 日本のこころ167）』
平凡社

『月刊 京都 二〇一五年一一月号（文化観光地理誌 第七七二号）』
白川書院

※ここに挙げた他にも、多くの文献を参考にさせて頂きました。末筆ながら、著者・編者・出版社の皆様に御礼申し上げます。

仲町六絵

著作リスト

霧こそ闇の（メディアワークス文庫）
夜明けを知らずに　―天誅組余話―（同）
からくさ図書館来客簿　～冥官・小野篁と優しい道なしたち～（同）
からくさ図書館来客簿　第二集　～冥官・小野篁と陽春の道なしたち～（同）
からくさ図書館来客簿　第三集　～冥官・小野篁と短夜の昔語り～（同）
からくさ図書館来客簿　第四集　～冥官・小野篁と夏のからくり～（同）
からくさ図書館来客簿　第五集　～冥官・小野篁と剣鳴る秋～（同）
南都あやかし帖　～君よ知るや、ファールスの地～（同）
あやかしとおばんざい　～ふたごの京都妖怪ごはん日記～（同）

本書は書き下ろしです。

メディアワークス文庫

あやかしとおばんざい

～ふたごの京《きょう》都《と》妖怪《ようかい》ごはん日記《にっき》～

仲《なか》町《まち》六《ろく》絵《え》

発行　2016年6月25日　初版発行

発行者　塚田正晃
発行所　株式会社KADOKAWA
〒102-8177　東京都千代田区富士見2-13-3
プロデュース　アスキー・メディアワークス
〒102-8584　東京都千代田区富士見1-8-19
電話03-5216-8399（編集）
電話03-3238-1854（営業）
装丁者　渡辺宏一（有限会社ニイナナニイゴオ）
印刷・製本　旭印刷株式会社

Printed in Japan
ISBN978-4-04-892227-2 C0193

メディアワークス文庫　http://mwbunko.com/
株式会社KADOKAWA　http://www.kadokawa.co.jp/

本書に対するご意見、ご感想をお寄せください。

あて先
〒102-8584　東京都千代田区富士見1-8-19　アスキー・メディアワークス
メディアワークス文庫編集部
「仲町六絵先生」係

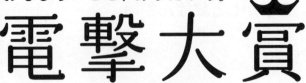